「老照片」温情系列

我们的节日

《老照片》编辑部 编

山东画报出版社
济南

图书在版编目（CIP）数据

我们的节日/《老照片》编辑部编.—济南：山东画报出版社，2018.11（2023.6重印）
（《老照片》温情系列.二）
ISBN 978-7-5474-2944-0

Ⅰ.①我… Ⅱ.①老… Ⅲ.①回忆录—作品集—中国—当代 Ⅳ.①I251

中国版本图书馆CIP数据核字（2018）第233882号

WOMEN DE JIERI
我们的节日
《老照片》编辑部编

责任编辑	冯克力　刘　丛
装帧设计	王　芳

主管单位	山东出版传媒股份有限公司
出版发行	山东画报出版社
社　　址	济南市市中区舜耕路517号　邮编：250003
电　　话	总编室（0531）82098472
	市场部（0531）82098479
网　　址	http://www.hbcbs.com.cn
电子信箱	hbcb@sdpress.com.cn
印　　刷	北京科普瑞印刷有限责任公司
规　　格	140毫米×203毫米　32开
	7.5印张　31幅图　120千字
版　　次	2018年11月第1版
印　　次	2023年6月第2次印刷
书　　号	ISBN 978-7-5474-2944-0
定　　价	25.00元

如有印装质量问题，请与出版社总编室联系调换。

写在前面的话

1996年底,山东画报出版社的《老照片》丛书一经面世,即以别开生面的图书样式、回望历史的新颖视角,受到读者的广泛欢迎,并引发了风靡全国的"老照片文化热"。《老照片》的成功出版,开启了中国出版业的"读图时代",相继被业内权威媒体评选为:新中国出版业五十件大事;1978—1998二十年难忘的书;改革开放30年来最具影响力的300本书;共和国60年60本书。

作为一种陆续出版的丛书,《老照片》以"定格历史、收藏记忆"为己任,至2018年4月,已出版了118辑,共刊出各种历史照片一万余幅,相关的文字一千万余言。从一个独特的视角,为百多年来中国人的生存与发展,留下了一份形象而鲜活的记录。《老照片》出版20余年来，这些带有个人记忆温度的文章受到大众读者的喜爱，年长的读者借此印证经历过的历史，回忆过往的岁月；而青少年读者借此从中国社会的变迁中，仰望历史的星空，感受普通民众细腻的家国情怀。

为此，《老照片》编辑部相继编辑了温情系列图书八种：《我的父亲》《我的母亲》《我的老师》《一封家书》《我的童年》《我的同学》《我的故乡》《我们的节日》。其中有些文章从已刊《老照片》中精心挑选适合青少年读者阅读的温暖篇章，文字质朴平实，感情自然真挚。还有一些文章，按照《老照片》的一贯格调，另约稿、辑录了众多名家的作品。如《一封家书》收录了傅雷《写给儿子傅聪的信》、曹文轩《爸爸愿意哄着你长大》等表现父爱的书信；也收录了林薇《写给儿子的两封信》表现母爱的信札，这也是林薇之子、作家止庵首次授权出版。《我的老师》收录了汪曾祺《沈从文先生在西南联大》，这篇文章选自本社出版的《我在西南联大的日子》。《我的故乡》收录了沈从文《老伴》、贾樟柯《忧愁上身》，让我们在故乡的山川异路中怀想起青春岁月；《我们的节日》收录了冯骥才《年夜思》、迟子建《关于年货的记忆》，唤起我们对传统节日的许多遥远又美好的回忆。

在《老照片》陆续出版20年之余,我们冀望与更多的青少年读者一起成长,通过共同翻看《老照片》,开阔阅读视野,增长人生阅历,增添人文情怀。

我们期待这套温情系列,为每位读者开通一条重温往事的时光隧道,大家在历史时空的穿梭中,向美好的回忆致敬,并从中领略人生旅途中的不同风景。

山东画报出版社《老照片》编辑部

目　录

立春以前　周作人 ——— 1

传统民俗话"清明"　伊　格 ——— 7

小城"五一节"　史耀增 ——— 11

我们的"六一"　幼　林 ——— 15

过　节　叶圣陶 ——— 21

记旧历除夕　林语堂 ——— 24

过　年　丰子恺 ——— 30

北京的春节　老　舍 ——— 36

中秋节　萧　红 ——— 40

过节和观灯　沈从文 ——— 43

1958年：我家春节前后　王福国 ——— 57

端午的鸭蛋　汪曾祺 —— 62

红闺女　新凤霞 —— 66

年夜思　冯骥才 —— 73

过　年　梅子涵 —— 79

故乡的七夕　徐　鲁 —— 83

岁时饮馔·十一月　王稼句 —— 88

关于年货的记忆　迟子建 —— 93

二月二　孙爱雪 —— 102

1941年：韩家川灯节留影　王　敏 —— 110

1951年：三八节合影　张今慧 —— 114

1952年：商州的儿童节大会　高　信 —— 120

九十年前的植树节　史耀增 —— 129

老照片里的"年味"　刘善文 —— 132

裴义礼与中国的第一个植树节　孙建三 —— 142

月圆时，念老母　杨渭临 —— 151

过　年　盖　生 —— 161

版画上的节日　冯　杰 —— 165

年味·腊酒　傅　菲 —— 173

火把烧　甫跃辉 —— 180

萝卜灯　黛　安 —— 187

海边的端午节　王彤羽 —— 192

过　年　孟　梅 —— 197

小　年　杨　逍 —— 204

中秋二题　酸枣小孩 —— 212

花朝节　芣　楚 —— 220

立春以前

周作人

我很运气，诞生于前清光绪甲申季冬之立春以前。甲申这一年在中国史上不是一个好的年头儿，整三百年前流寇进北京，崇祯皇帝缢死于煤山，六十年前有马江之役，事情虽然没有怎么闹大，但是前有咸丰庚申之烧圆明园，后有光绪庚子之联军入京，四十年间四五次的外患，差不多甲申居于中间，是颇有意思的一件事。我说运气，便即因为是生于此年，尝到了国史上的好些苦味，味虽苦却也有点药的效用，这是下一辈的青年朋友所没有得到过的教训，所以遇见这些晦气也就即是运气。我既不是文人，更不会是史家，可是近三百年来的史事从杂书里涉猎得来，占据了我头脑的一隅，这往往使得我的意见不能与时式相合，自己觉得也很惶恐，可以说是给了我一种障碍，但是同时也可以说是帮助，因为我相信自己所知道的事理很不多，实在只是一部分常识，而此又正是其中之一分子，有如吃下石灰质去，既然造成了我的脊梁骨，在我自不能不加以珍重也。

其次我觉得很是运气的是，在故乡过了我的儿童时代。在辛丑年往南京当水兵去以前，一直住在家乡，虽然其间有过两年住在杭州，但是风土还是与绍兴差不多少，所以其时虽有离乡之感，其实仍与居乡无异也。本来已是破落大家，本家的景况都不大好，不过故旧的乡风还是存在，逢时逢节的行事仍旧不少，这给我留下一个很深的印象。自冬至春这一段落里，本族本房都有好些事要做，儿童们参加在内，觉得很有意思，书房放学，好吃好玩，自然也是重要的原因。这从冬至算起，祭灶、祀神、祭祖、过年拜岁、逛大街、看迎春、拜坟岁，随后跳到春分祠祭，再下去是清明扫墓了。这接连的一大串，很有点劳民伤财，从前讲崇俭的大人先生看了，已经要摇头，觉得大可不必如此铺张，如以现今物价来计算，一方豆腐四块钱，那么这靡费更是骇人听闻，幸而从前也还可以将就过去，让我在旁看学了十几年，着实给了我不少益处。简单的算来，对于鬼神与人的接待，节候之变换，风物之欣赏，人事与自然各方面之了解，都由此得到启示。我想假如那十年间关在教室里正式的上课，学问大概可以比现在多一点吧，然而这些了解恐怕要减少不少了。这一部分知识，在乡间花了很大的工夫学习来的，至今还是于我很有用处，许多岁时记与新年杂咏之类的书我也还是爱读不置。

上边所说冬季的节候之中，我现在只提出立春来说，这理由是很简单的，因为我说诞生于立春以前，而现今也正是这时节，至于今年是甲申，我又正在北京，那还是不大成为理由的理由。说到这里，我想起别的附带的一个原因，这便是我所受的古希腊人对于春的观念之影响。这里又可以分开来说，第一是希腊春祭的仪式。我涉猎杂书，看中了荓来若博士哈理孙女士讲古代宗教的著作，其中有《古代艺术和仪式》一册小书，给我作希腊悲剧起源的参考，很是有用，其说明从宗教转变为艺术的过程又特别觉得有意义。话似乎又得说回去。《礼运》云："饮食男女，人之大欲存焉，死亡贫苦，人之大恶存焉。"古今中外人情都不相远，各民族宗教要求无不发生于此。哈理孙女士在《希腊神话论》的引言里说："宗教的冲动单向着一个目的，即是生命之保存与发展。宗教用两种方法去达到这个目的，一是消极的，除去一切于生命有害的东西；一是积极的，招进一切于生命有利的东西。全世界的宗教仪式不出这两种，一是驱除的，一是招纳的。饥饿与无子是人生的最重要的敌人,这个他要设法驱逐他。食物与多子是他最大的幸福。希伯来语的福字原意即云好吃。食物与多子这是他所想要招进来的。冬天他赶出去,春夏他迎进来。"因此无论天上或地下是否已有天帝在统治着,代表生命之力的这物事在人民中间总是极被尊重,无论这是春,是地,是动植物,或是女人。西亚古文明国则以神人当之,叙利亚的亚陀尼斯,茀吕吉亚的亚帖斯,埃及的阿施利斯皆是,忒拉开的迭阿女索斯后起,却盛行于希腊,由此祭礼而希腊悲剧乃以发生,神人初为敌所杀,终乃复生,象征春天之去而复返,一切生命得以继续,故其礼式先号而后笑。

中国人民驱邪降福之意本不后人,唯宗教情绪稍为薄弱,故无此种大规模的表示,但对于春与阳光之复归则亦深致期待,只是多表现在节候上,看不出宗教的形式与意味耳。冬至是冬天的顶点,民间于祭祖之外又特别看重,语云,冬至大如年,其前夕称为冬夜,与除夕相并,盖为其是季节转变之关捩也。立春有迎春之仪式,其意义与各民族之春祭相同,不过中国祀典照例由政府举办,民众但立于观众的地位,仪式已近于艺术化,而春官由乞丐扮演,末了有打板子脱晦气之说,则更流入滑稽,唯民间重视立春的感情也还是存在,如前一日特称之曰交春,又推排八字者定年份以立春为准则。假如生于新正而在立春之前，则仍不算是改岁。由此可知春的意义在中国也比新年为重大，老百姓念诵九九等候寒冬的过去，最后云，九九八十一，犁耙一齐出，欢喜之情如见，此盖是农业国民之常情，不分今昔者也。但是乡间又有一句俗语云，春梦如狗屁。冬夜的梦特别有效验，一过立春便尔如此，殊不可解，岂以春气发动故，乱梦颠倒，遂悉虚妄不实欤。

希腊人对于春的观念我觉得喜欢的，第二是季节影响的道德观。这里恐怕没有绝对的真理，只是由环境而生的自然的结论，假如我们生在严寒酷暑，或一年一日夜的那种地方，感想当然另是一样，只有在中国或希腊，四时正确的迭代，气候平均的变化，这才感觉到他仿佛有意义，把他应用到人生上来。中国平常多讲五行，这个我很有点讨厌，但是如孔子所说，四时行焉，百物生焉，天何言哉，却觉得颇有意思，由此引申出儒家的中庸思想来，倒也极是自然，这与希腊哲人的主张正相合，盖其所根据者亦相同也。人民看见冬寒到了尽头，渐复暖过来，觉得春天虽然死去，却总能复活，不胜欣喜，哲人则因了寒来暑往而发见盛极必衰之理，冬既极盛，春自代兴，以此应用于人生，故以节为至善，纵为大过，而以格言总之则曰勿为已甚。此在中国亦正可通用，大抵儒道二家于此意见一致，推之于民间一般莫不了解此义，由于教训之传达者半，由于环境之影响盖亦居其半也。老子曰，飘风不终朝，骤雨不终日。鄙人甚喜此语，但是此亦须以经历为本，如或山陬海隅，天象有特殊者，则将不能理会，而其主张或将相反也未可料。昔者赫洛陀多斯著《史记》，记希腊波斯之战，波斯败绩，都屈迭台斯继之，记雅典斯巴达之战，雅典败绩，在史家之意皆以为由于犯了纵肆之过，初不外波斯而内雅典，特别有什么曲笔，此种中正的态度真当得史家之父的称号，若其意见不知学者以为如何，在鄙人则觉得殊有意趣，深与鄙怀相合者也。

　　上边的话说的有点凌乱，但总可以说明因了家乡以及外国的影响，对于春天我保有着农业国民共通的感情。春天与其力量何如，那是青年们所关心的问题，这里不必多说，在我只是觉得老朋友又得见面的样子，是期待也是喜悦，总之这其间没有什么恋爱的关系。天文家曰，春打六九头，冬至后四十五日是立春，反正一定的。这是正话，但是春天固然自来，老百姓也只是表示他的一种希望，田家谚云，五九四十五，穷汉街头舞，是也。我不懂诗，说不清中国诗人对于春的感情如何，如有祈望春之复归说得如此深切者，甚愿得一见之，匆促无可考问，只得姑且阁起耳。

　　民国三十四年（1945）一月十日，甲申小寒节中

传统民俗话"清明"

伊 格

这两张记载20世纪30年代和40年代川北地区民俗的照片,反映了乡民们在清明节这天祭祖扫墓的情景。在先祖的墓前,层层叠叠站满了同出一宗的后人,他们相约于此祭奠亡灵,展示本家族人丁兴旺的盛景,祷祝先人含笑九泉。

"清明"是我国农历二十四节气之一,是物候变化、时令顺序的标志。"清明节"则是民间祭祖和扫墓的日子。只因"古墓花影白杨树,尽是生死离别处",所以就有了唐代诗人杜牧 "清明时节雨纷纷,路上行人欲断魂"这一千古名句。看着草长莺飞、桃红柳绿的春日景象,在细雨纷飞的清明前后,常会勾起人们对已故亲人的怀念之情,不同地域的人便以各自的方式，寄托哀思，凭吊亡灵。

清明扫墓的风俗，流传至今已有两千多年的历史。据传说，春秋时期，晋献公的妃子骊姬为了让自己的儿子奚齐继位，设毒计逼太子申生自杀。申生的弟弟重耳为了躲避祸害，离城出走。流亡途中，重耳饿昏了，随从中有个叫介子推的人，将自己腿上的肉割下煮熟送给重耳吃，救了他一命。后来重耳回国，做了春秋五霸之一的晋文公，他重赏了当年与他同甘共苦的人，唯独忘了介子推。后来，当他想起介子推时，备受良心折磨。于是马上派人请介子推进宫领赏，并为他加官晋爵，可介子推拒绝了。晋文公只好亲自到介子推家中去请，可介子推已背上老母躲进了绵山。有人出主意，放火烧山逼介子推出来，大火烧了三天三夜，介子推依然不见踪影。最后，人们在一棵大柳树下发现介子推母子已被烧死。柳树洞里有介子推留下的一首诗："割肉奉君尽丹心，但愿主公常清明。……臣在九泉心无愧，勤政清明复清明。"晋文公将介子推母子厚葬在大柳树下，把放火烧山这天定为寒食节。第二年，晋文公领着群臣登山祭奠，发现老柳树死而复活。从此，他便把这棵老柳树赐名为"清明柳"，又把这天定为清明节。

听老辈人讲，川北地区过去还有举行"清明会"的习俗。清明会，是一种认祖归宗、联系血缘感情的民间聚会。

20世纪30年代,川北民间清明节祭祖扫墓。

有句歇后语："清明会上丢烟杆——不是外人。"意思是说，如果谁在清明会上丢了烟杆，那么捡到烟杆的只能是自家人，因为参加清明会的男女老少均系同宗同族。清明前夕，同宗族里德高望重的人，出面张罗每家每户捐钱捐粮。清明节那天，大家倾巢出动上山叩拜，将祖辈长眠之地修葺一新，再回到祠堂聚会，商议家族中的重大事项，然后共进午餐。据老人们回忆，某些大家族的清明会，场面十分壮观，祠堂内外，密密麻麻摆着几十甚至上百张餐桌，大家边吃边聊，有说有笑，那情景很像云南哈尼族的长街宴。热气腾腾的饭菜，往来穿梭的族人，辛辣的旱烟烟雾和浓郁的米酒香气交织在一起，有川剧爱好者兴之所至，还要拉着二胡，敲着锣鼓吼两嗓子。此情此景，构成了一道独特的川北民俗景观。

诚然，唯物主义者从不相信人死之后有灵魂的说法，祭奠亡灵的所有仪式只是寄托一种哀思。后来，清明会渐渐冷落了，祭祖扫墓便以家庭为单位分散进行。清明期间，烟雨弥漫的山野中，扫墓人或三五成群扶老携幼，或一二孤影踽踽独行。人们怀着对亲人的思念，追忆曾经的音容笑貌，重温他们在世的爱心与温暖，感叹人生的短暂和生命的脆弱，承继他们未竟的事业……

小城"五一节"

史耀增

这是一幅摄于1951年5月2日的老照片，左上角题有"合（郃）阳县公安队纪念五一节摄影"字样。背后盖有"合（郃）阳县立人民文化馆"钤记，几个用蘸水笔写的字已经漫漶不清。我拿着它让年近九旬的老馆长党孝芳看，他说这是当年文化馆宣传板版面上的："你看，浆糊粘过的痕迹还在。在新中国建国初期，县城有关文化宣传的事都交给文化馆去办。那时候的文化馆，红火得不得了。文化馆大门两侧有好几块宣传板版面，内容经常更换，那些反映合阳县新事、大事的照片和相应的文字，大家都爱看，版面前经常围满了人。"

为了了解照片的具体情况，我又骑着自行车，登门拜

访了生于1927年、如今离休住在农村老家的老公安杨振汉先生。杨老先生虽然年已耄耋，但精神矍铄，思维清晰，眉宇间仍然带有公安战士特有的那种豪气。他说，合阳县公安队开头叫警卫连，后来叫公安队，再后来改名叫县中队，由县公安局领导。杨老在1949年元月1日（当时合阳已经解放）参加革命后即从事公安工作。在一股（先叫侦察股，后来改名政保股）当股员。照片上没有他。老人说，可能当时有别的任务，没参加照相。公安局和看守所都在县政府里。公安队一百多号人，全是精壮小伙子。那时实行的是供给制，穿戴和日常生活用品全是公家发放，战士们在工作之余利用县政府里的空地种菜、养猪，伙食搞得很好。五一节前夕，小伙子们到城外砍来柏枝，又做了各种颜色的纸花，在县政府大门口搭起高大的牌楼（照片上透过牌楼还可看见县政府的拱形门）。牌楼上的柏枝间缀满纸花，插着小红旗，还悬挂着一对红灯笼。上方有毛泽东和斯大林的画像，牌楼两侧的大字是"抗美援朝""卫国保家"；红灯笼上的字是："保卫世界和平""粉碎美帝侵略"；对联上的字被人遮挡，看不完整，上联是"签名投票……燃起抵抗美帝……"下联是"游行示威，汇成消灭封建……"所有这一切，都强烈地烘托出当时的政治气氛。"签名"，指当时的和平签名运动。那时，有一首很流行的歌儿，叫《王大妈要和平》，开头几句便是"王大妈要和平，要呀么要和平，她每天动员妇女们，来呀么来签名……"签名，游行，都是显示群众力量的举动，说不定这张照片就是公安战士们武装游行归来所拍摄的，当然这只是我的一种推测而已。杨振汉老人认出了照片上的一些人，比如在中排坐的就有公安队的指导员雷新兴（左四）、公安局长成彦清（左五）、公安队长王子英（左六）、公安队的文书魏选芝（左一）。杨老感慨地说，建国初期，物质条件很差，但人心向上，我们这些血气方刚的年轻人个个热情高涨，人人都是鼓足全身的劲儿干工作，可惜如今大部分已经作古，在世的也大都失去了联系，能互通音讯的人没有几个了。

我还曾就这幅照片，请教过几位有文化的老人，他们都说合阳过去是个偏僻的农业小县，经济落后，在他们的记忆中，以前从没有庆祝过"五一国际劳动节"，只有在新中国成立后，过五一节时县城的机关学校才有庆祝活动。

我们的"六一"

幼 林

1962年的六一儿童节，左邻右舍的叔叔阿姨，都高高兴兴地忙着给自家的孩子照相留念。背景在我们家住的那排房子后面——王开医院职工宿舍的花园里。我们三姐妹挤在旁边看，因为那个年代的照相，是很奢侈很新奇的事。妈妈见了，喊我们"赶快回家"。大姐不想走，她也想照相。我和妹妹跟在姐姐后面，磨磨叽叽不舍得离开。

面对姐姐的执拗，妈妈不想让我们太扫兴，同意让我们也照张合影。妹妹到了夏天就穿个小裤衩，光着膀子，妈妈借了邻居小朋友大林的格子褂给妹妹穿上，见太肥了。妈妈又急急忙忙让妹妹套上了姐姐的裙子，把借来的格子褂给姐姐穿上，还借了两个花头绳给姐姐扎了两个小辫子。

妹妹穿姐姐的裙子有点长，姐姐穿大林的上衣有点短。照相之前，妈妈给姐姐拽了拽衣服的前襟，怕拍成了露脐装。照完相，格子褂和花头绳就赶紧还给大林了。

我理了个平头，妈妈说是夏天理平头卫生。不用刻意打扮，妈妈就让我上镜了。我的裙子是爸爸在青岛买的，淡蓝色，点缀着细碎小白花，那是我人生的第一条裙子，也是我二十岁前唯一的裙子。

"新三年旧三年，缝缝补补又三年。"记得奶奶每天戴着老花镜在家缝缝补补，让我拾姐姐的衣服、鞋子穿。我的衣服、鞋子补一补，给妹妹穿。

照这张相的时候，家里的日子捉襟见肘。妈妈和奶奶把艰难挡住，让我们的童年也留下了鲜花和笑脸的印记。

妈妈回忆往事时常说："很庆幸，我没把你们仨中的一个饿死，也没把你们仨中的一个送人。"

我们家的生活，当时远不如左邻大林家好。大林的爸爸妈妈，是王开医院的双职工。生活困难时期，大林的二妹送给亲戚家了。过了一段时间，二妹被接回来了，浑身都是虱子。据说二妹长大后，身体和智力的发育不如她的姐妹们。

我家的右邻也是医院的双职工，他们家的收入比我们家高一倍。他们家也把第二个孩子——我们的小伙伴魏敏

三姐妹

送到农村舅妈家去了。舅妈已有两个孩子，每天还要下地劳动，顾不上魏敏的衣食。过了很长一段时间，接魏敏回家时，她在路上突然腹痛难忍，被直接送到徐州市人民医院抢救。魏敏的爸爸说，剖腹探查，拣出来一盆蛔虫。那"盆"有多大，至今我也不清楚。

我们曾和魏敏在一起数过自己的肋骨，感觉像王开医院那位漂亮的护士阿姨在拉手风琴，感觉数肋骨就像在按手风琴的键盘。魏敏曾掀开衣服，给我们看她肚子上的疤痕，我只看了一次，再不敢看了。

魏敏不到四十岁就去世了，我想一定与她童年的那段经历有关。

我是我们家的第二个孩子。如果效仿邻居，妈妈肯定会把我送人的。谢谢妈妈没把我送给亲戚邻居。

每天下了班，妈妈都要仔细数算锁在抽屉里的食堂饭票，她每天要节省二两饭票，攒够二斤就去食堂换成面粉，烙了面饼给远方的爸爸寄去。妈妈不是把碗里的稀饭倒给我们，就是把嘴边的馒头省一口塞到我们嘴里。妈妈上班经常饿得晕倒，被人搀回家。

长身体的时期营养不良，身体和智力的发育会受到严重影响。记得小时候我整天头晕，大人问我："你是头晕还是头痛？"我答不上来，头晕头痛我分不清。

奶奶不识字，是个天生的乐观派。她经常安慰妈妈："你放心，孩子一个也饿不死。小猪下生还自带三分糠。"

最痛苦的是，奶奶整天让我们睡觉，说"活动量小了，吃的就少了"。有一次，奶奶说我："你已经吃饱了，出去玩会吧……"那天我的脑袋突然开窍了，问："怎样才是吃饱了？"奶奶说："你真傻，连吃饱了也不知道。"

王开医院的职工宿舍是一排排平房，一家一户紧挨着住。左邻右舍买水果了，奶奶只要看见了就把我们立即叫回家："人家吃东西不要看！"

有一次，妈妈下了大夜班在家午休，我躲到她床底下哭："我饿得慌——我饿得慌——"我还不是很傻，小声哭的原因是怕影响左右邻居休息、被叔叔阿姨们讨厌。

奶奶趴下身子从床底下拽我，拽不出来，想打我也够不着。奶奶很生气，压低嗓子数量（说）我："你就知道吃，不知道体谅大人的辛苦……"后来我再不说"饿"了，因为不到食堂开饭时间，说也没用。饿极了，我们就对着门口的自来水管咕嘟咕嘟灌凉水，肚子撑得慌，感觉能好受些，可以多忍耐一会。

还有一次，有位亲戚到王开医院找妈妈看病。妈妈在食堂买了两份菜招待客人。我和妹妹见了，大为兴奋，每人端着一份就跑。妈妈追了我们好远。跑快了，怕我们把菜洒了，跑慢了，又追不上我们。那位亲戚本想在我们家吃饭，只得摇摇头，无奈地走了。

妈妈从不发脾气，更不会打我们，即使生气也只会猛拍自己的巴掌"嗨"一声！奶奶想起来就唠唠叨叨地数量（说）我："真是个吃货，没人样！就知道吃……"

我们至今奇怪，当年左邻右舍家的生活都比我家好，我们姐妹却比他们的孩子长得高。姐姐身高1.75米，我和妹妹分别是1.65米和1.64米。

这张照片，是一位病号叔叔帮助照的，可惜至今不知他的姓名，我们很感谢他。

妈妈将我们的"六一"合影寄给了远在外地"劳动"的爸爸。没到年底，爸爸就回来了。我想，兴许是我们的稚嫩和期盼感动了上帝。现在想想，照相那年，还不是我们家最困难的时候。童稚未开，活动量小，吃的也少；到了身体见长、饭量增加的"文革"期间，日子就更难了。说来话就长了，不提了。

过 节

叶圣陶

逢到节令,我们依着老例祭祖先。苏州人把祭祖先特称为"过节";别地方人买一点酒菜,大家在节日吃喝一顿,叫作"过节";苏州人对于这两个字似乎没有这样用法。

过节以前,母亲早已把纸锭折好了。纸锭的原料是锡箔,是绍兴地方的特产。前几年我到绍兴去,在一个土山上小立,只听得密集的市屋间传出达达的声音,互相应答,就是在那里打锡箔。

我家过节共有三桌。上海弄堂房子地位狭窄,三桌没法同时祭,只得先来两桌,再来一桌。方桌子仅有一张,只得用小圆桌凑一凑。本来是三面设座位的,因为椅子不够,就改设一面。杯筷碗碟拿不出整齐的全套,就取杂色的来应用。蜡盏弯了头。香炉里香灰都没有，只好把三枝香搁在炉口算数。总之，一切都马虎得很。好在母亲并不拘拘于成规，对于这一切马虎不曾表示过不满。但是我知道，如果就此废止过节，一定会引起她的不快。

所以我从没有说起废止过节。

供了香，斟了酒，接着就是拜跪。平时太少运动了，才过四十岁，膝关节已经硬化，跪下去只觉得僵僵的，此外别无所思。

在满座的祖先中间，记忆得最真切的是父亲跟叔父，因为他们过世最后。但是我不能想象他们同十几个祖先挤坐在两把椅子上举杯喝酒举筷吃菜的情状。又有一个十一岁上过世的妹妹，今年该三十八了，母亲每次给她特设一盆水果，我也不能想象她剥橘皮吐桃核的情状。

从前父亲跟叔父在日，他们的拜跪就不相同。容貌显得很萧穆，一跪三叩之后，又轻轻叩头至数十回，好像在那里默祷，然后站起来，恭敬地离开拜位。所谓"祭如在"，"临事而敬"，他们是从小就成为习惯了的。新教育的推行跟时代的转变把古传的精灵信仰打破，把儒家的报本返始的观念看得并没有什么了不得，于是"如在"既"如"不起来，"临事"自不能装模作样地虚"敬"，只成为一种毫无意义的例行故事：这原是必然的事情。

几个孩子有时跟着我拜；有时说不高兴拜，也就让他们去。

焚化纸锭却是他们欢喜做的事情，在一个搪瓷面盆里慢慢地把纸锭加进去，看它给火焰吞食，一会儿变成白色的炉灰，仿佛有冬天拨弄炭火盆那种情味。孩子们所知道的过节，第一自然是吃饭时可有较好较多的菜；第二，这是家庭里的特种游戏，一年内总得表演几回的。至于祖先会扶老携幼地到来，分着左昭右穆坐定，吃喝一顿之后，又带着钱钞回去：这在孩子是没法想象的，好比我不能想象父亲跟叔父会到来参加这家族的宴飨一样。从这一点想，虽然逢时过节，对于孩子大概不致有害吧。

记旧历除夕

林语堂

阴历新年是中国人一年中最大的节日。其他节日和它相较起来便显得缺少假日精神的整个性了。五天里面，全国的人都穿了最好的衣服，关上店门，闲荡着，赌博着，敲锣鼓，放爆竹，拜年，看戏。这是一个大好日子，每个人都憧憬着新年发财，每个人都高兴地添了一岁，准备向他的邻人说些吉利的话语。

在新年中就是最卑贱的婢女也可大赦而不忧挨打了，最奇怪的，那些终日操作的女人们也都闲荡起来，嗑着瓜子，不愿洗衣煮饭，连菜刀也不肯一捏了。怠工的理由是新年中切了肉就等于把好运切断了，把水倒入沟中就等于把好运倒去了，洗了东西就等于把好运洗去了。一副副的红对联贴在每一扇门上，都包含了红运、幸福、和平、昌顺、春兴等字样。因为这是春季回来的节日，也是生命财富回来的节日。

在庭院中，在街道上，一天到晚全是爆竹声响和硫黄气味。父亲失去了尊严，祖父变得更可爱了，孩子们吹着口笛，戴着面具，玩着泥娃。乡下女子穿了最好的衣服，跑上三四里路到邻村去看戏文，一辈纨绔少年便得乘此恣意调笑。这是一个妇女从煮饭洗衣的贱役中解放出来的日子。假如男人们饿了的话，他们可以吃几块油煎年糕，一碗有现成汤的鸡蛋面，或是到厨房里去偷几片冷鸡肉吃吃。

国民政府早已命令废除阴历新年，可是我们依旧过着阴历新年，大家拒不废除。

我是非常新派的。没有人能责我保守。我不但赞成格利高里历，我更赞成一年十三月、一月四周的世界历。换句话说，我的观点是很科学的，我的理解也是很合理的。可是也就是这科学的自傲，它受到严重的创伤了。因为在官认的新年里人们都只是佯为祝庆，毫无诚意，我是大大的失败了。我不要旧历新年，可是旧历新年终于在二月四日来到了。

我的科学意识叫我不要过旧历新年，而我也答应我不会。我坚决地对自己说："我决不让你跟下去。"我在正月初头（指阳历）便感觉到旧历新年的来到了。当一天早餐时，仆人送来一碗腊八粥的时候，就清楚地提醒了我这天是十二月初八了。一星期后，仆人来预支他年底应得的额外工资。他告了半天的假，并给我看一包送给他妻子的新衣服。在二月一日和二日，我不得不把酒钱分给送信人、送牛奶人、车夫和书店童役。我觉得什么都在来了。

二月三日到来了。我依旧向自己说："我决不过旧历新年。"那天早晨，妻叫我更换内衣。我说："为什么？"

"周妈今天要洗你的衬衣的，她明天是不洗衣服的，后天也不洗，大后天也不洗的。"为了人情，我无法拒绝。

这就是我下水的开始。早餐后，全家要到河边去，因为那边举行着一个很舒适的，可是违反政府不准遵照旧历新年命令的野餐。妻说："我们叫了汽车先去。你修了发再来好了。"我不想修发，可是坐汽车倒是挺大的诱惑，我不喜欢在河边跑着，我喜欢坐汽车。我很想到城隍庙去替孩子们买些东西。我知道这是春灯的时节了，我要我最小的孩子去看看走马灯究竟是什么东西。

我原是不应该到城隍庙去的。在这个时期到那边去，你会知道结果是怎样的。在归途上我发现我不但带了走马灯、兔子灯和几包玩具，还带了几枝梅花。回家以后，我看到有人从本乡送了一盆水仙花，我的本乡便因出产这种美妙馥郁的水仙而闻名全国的。我不觉回忆到我的童年。当我接触到水仙的香味，我的思想便回到那红的对联、年夜饭、爆竹、红烛、福建蜜橘、早晨的道贺和我那件一年只许穿一次的黑缎大褂。

中饭时，水仙花的香味使我想起了一种福建的萝卜糕。

"今年没有人再送我们萝卜糕了。"我不快地说。

"这是因为厦门没有人来。不然，他们是会送来的。"妻说。

"我记得有一次在武昌路的一家广东店里买到完全一样的糕。我想我还能找到它。"

"不，你找不到了。"妻挑战地说。

"我当然能找到。"我心有所不甘。

下午三时我已买了二斤半一篮年糕，从北四川路乘公共汽车回家了。

五时，我们吃着油煎年糕，水仙花的馥郁香味充满着屋子，我惶恐地感觉到我已犯了戒条。

"我不愿庆祝什么除夕，我今晚要去看电影。"我坚决地说。

"你怎么能够呢？我们不是已请了 Ts 先生来吃晚饭了吗？"妻问道。事情似乎弄糟了。

五时半，最小的孩子穿了红的新衣跑了出来。

"谁替她穿新衣的？"我责问。显然有些震动，但还庄严。

"黄妈替她穿的。"

六时，我发觉壁炉架上光亮地点着红烛，它们一层层的火焰向我科学意识上投来了胜利的讽刺。这时，我的科学意识已经显得模糊低落而不真实了。

"蜡烛谁点的？"我又请问。

"周妈点的。"是回答。

"蜡烛又是谁买来的呢？"我再问。

"什么，不是早晨先生自己买来的吗？"

"哦，我买的？"这是不可能的。不是我的科学意识使唤，这一定是什么别的意识。

我想这有些可笑，回想我早晨所做的可笑事不及我那头脑和心志的互相冲突来得可笑。立刻我被邻居的爆竹声从心理冲突中惊醒了来。这些声音一个连一个地深入我的意识中。它们有一种欧洲人所不能体会的撼动中国人心的力量。东邻的挑战接着引起了西邻，终于一发而不可收拾。

我是不甘被他们击倒的。我从袋里抽出一元钞票，对我孩子说："阿经，拿去给我买些高升鞭炮，拣最响最大的。

记住,越大越好,越响越好。"

于是我便在爆竹的"嘭——啪"声中坐下吃年夜饭了。

而我却好像不自觉地感到非常的愉快。

过　年

丰子恺

我幼时不知道阳历，只知道阴历。到了十二月十五，过年的气氛开始浓重起来了。我们染坊店里三个染匠全是绍兴人，十二月十六要回乡。十五日，店里办一桌酒，替他们送行。这是提早办的年酒。商店旧例，年酒席上的一只全鸡，摆法大有讲究：鸡头向着谁，谁要被免职。所以上菜的时候，要特别当心。但是我家的店规模很小，一共只有六个人，这六个人极少有变动，所以这种顾虑极少。但母亲还是很小心，上菜时关照仆人，必须把鸡头对着空位。

腊月二十三晚上送灶，灶君菩萨每年上天约一星期，二十三夜上去，大年夜回来。据说菩萨是天神派下来监视人家的，每家一个。他们高踞在人家的灶台上，嗅取饭菜的香气。每逢初一、月半，必须点起香烛来拜他。二十三这一天，家家烧赤豆糯米饭，先盛一大碗供在灶君面前，然后全家来吃。吃过之后，黄昏时分，父亲穿了大礼服来灶前膜拜，跟着，我们大家跪拜。拜过之后，将灶君的神像从灶台上请下来，放进一顶灶轿里。这灶轿是白天从市场上买来的，用红绿纸张糊成，两旁贴着一副对联，上写"上天奏善事，下界保平安"。我们拿些冬青柏子，插在灶轿两旁，再拿一串纸金元宝挂在轿上，又拿一点糖饼来，粘在灶君菩萨的嘴上。这样一来，他上去见了天神粘嘴粘舌的，说话不清楚，免得把别人的恶事和盘托出。于是父亲恭恭敬敬地捧了灶轿，捧到大门外去烧化。烧化时必须抢出一只纸金元宝，拿进来藏在厨里，预祝明年有真金元宝进门。送灶君上天之后，陈妈妈就烧菜给父亲下酒，说这酒菜味道一定很好，因为没有灶君先吸取其香气。父亲也笑着称赞酒菜好吃。我现在回想，他是假痴假呆，逢场作戏。因为他中了这末代举人，科举就废，不得伸展，蜗居在这穷乡僻壤的蓬门败屋中，无以自慰，唯有利用年中行事，聊资消遣，亦"四时佳兴与人同"之意耳。

二十三送灶之后，家中就忙着打年糕。这糯米年糕又大又韧，自己不会打，必须请一个男工来帮忙。这男工大都是陆阿二，又名五阿二。因为他姓陆，而他的父亲行五。

两枕"当家年糕"约有三尺长；此外许多较小的年糕，有二尺长的，有一尺长的；还有红糖年糕、白糖年糕。此外是元宝、百合、橘子等等小摆设，这些都是由母亲和姐姐们去做，我也洗了手去帮忙，但是总做不好，结果是自己吃了。

姐姐们又做许多小年糕，形状仿照大年糕，预备二十七夜过年时拜小年菩萨用的。

二十七夜过年，是个盛典。白天忙着烧祭品：猪头、全鸡、大鱼、大肉，都是装大盘子的。吃过夜饭之后，把两张八仙桌接起来，上面供设"六神牌"，前面围着大红桌围，摆着巨大的铝制的香炉蜡台。桌上供着许多祭品，两旁围着年糕。我们这厅屋是三家公用的，我家居中，右边是五叔家，左边是嘉林哥家，三家同时祭起年菩萨来，屋子里灯火辉煌，香烟缭绕，气象好不繁华！三家比较起来，我家的供桌最为体面。何况我们还有小年菩萨，即在大桌旁边设两张茶几，也是接长的，也供一位小菩萨像，用小香炉蜡台，设小盘祭品，竟像是小人国里的过年。记得那时我所欣赏的，是"六神牌"和祭品盘上的红纸盖。这"六神牌"画得非常精美，一共六版，每版上画好几个菩萨，佛、观音、玉皇大帝、孔子、文昌帝君、魁星……都包括在内。平时折好了供在堂前，不许打开来看，这时候才展览了。

祭品盘上的红纸盖都是我的姑母剪的,"福禄寿喜""一品当朝""连升三级"等字,都剪出来,巧妙地嵌在里头。我那时只有七八岁,就喜爱这些东西,这说明我与美术有缘。

绝大多数人家二十七夜过年,所以这晚上商店都开门,直到后半夜送神后才关门。我们约伴出门散步,买花炮。花炮种类繁多,我们所买的,不是两响头的炮仗和噼噼啪啪的鞭炮,而是雪炮、流星、金转银盘、水老鼠、万花筒等好看的花炮。其中,万花筒最好看,然而价贵不易多得。买回去在天井里放,大可增加过年的喜气。我把一串鞭炮拆散,一个一个地放,点着了火,立刻拿一个罐头瓶来罩住,"咚"的一声,连罐头瓶也跳起来。我起初不敢拿在手里放,后来经乐生哥哥教导,竟敢拿在手里放了。两指轻轻捏住鞭炮的末端,一点上火,立刻把头旋向后面。渐渐老练了,即行若无事。

年底这一天,是准备通夜不眠的,店里早已经摆出风灯,插上岁烛。吃年夜饭的时候,把所有的碗筷都拿出来,预祝来年人丁兴旺。吃饭碗数,不可成单,必须成双。如果吃三碗,必须再盛一次,哪怕盛一点点也好,总之要凑成双数。吃饭时母亲分送压岁钱,用红纸包好,我全部用以买花炮。吃过年夜饭,还有一出滑稽戏呢。这叫"毛糙纸揩洼"。"洼"就是屁股。一个人拿一张糙纸,把另一个人的嘴揩一揩。意思是说：你这嘴巴是屁股，你过去一年中所说的不祥的话，例如"要死"之类的，都等于放屁。但是人都不愿意被揩，尽量逃避。然而揩的人很调皮，出其不意，突如其来。哪怕你是极小心的人，也总会被揩。有时其人出前门去了，大家就不提防他。岂知道他绕了个圈子，悄悄地从后门进来，终于被揩去了。此时笑声、喊声使过年的欢乐气氛更加浓重了。

街上提着灯笼讨债的，络绎不绝，直到天色将晓，还有人提着灯笼急急忙忙地跑来跑去。灯笼是千万少不得的。提灯笼，表示还是大年夜，可以讨债；如果不提灯笼，那就是新年，欠债的可以打你几记耳光，要你保他三年顺境，因为大年初一讨债是禁忌的。但是这时候我家早已结账，关店，正在点起香烛接灶君菩萨。此时通行吃接灶圆子，管账先生一面吃圆子，一面向我母亲报告账务。说到盈余，笑容满面。他告别回去，我们也收拾，睡觉。但是睡不到两个钟头，又得起来，拜年的乡下客人已经来了。

年初一上午忙着招待拜年的客人。街上挤满了穿新衣服的农民，男女老幼，熙熙攘攘，吃烧卖，上酒馆，买花纸（即年画），看戏法，到处拥挤。

初二开始，镇上的亲友来往拜年。我父亲戴着红缨帽子，穿着外套，带着跟班出门。同时也有穿礼服的到我家拜年。如果不遇，就留下一张红片子。父亲死后，母亲叫我也穿着礼服去拜年。我实在很不高兴。因为一个十一二岁的孩子穿礼服上街，大家注目，有讥笑的，也有叹羡的，叫我非常难受。现在回想，母亲也是一片苦心。她不管科举已废，还希望我将来也中个举人，重振家业，所以把我如此打扮，聊以慰情。

正月初四，晚上接财神。别的事情排场大小不定，独有接财神，家家郑重其事，而且越是贫寒之家，排场越是体面。大概他们想：敬神可以邀得神的恩宠，今后让他们发财。

初五以后，过年的事基本结束，但是拜年，吃年酒，酬谢往还，也很热闹。厨房里年菜很多，客人来，搬出就是。但是到了正月半，也就差不多吃完了。所以有一句话："拜年拜到正月半，烂溏鸡屎炒青菜。"我的父亲不爱吃肉，喜欢吃素。所以我们家里，大年夜就烧好一大缸萝卜丝油豆腐，油很重，滋味很好。每餐盛出一碗来，放在锅子里一热，便是最好的饭菜。我至今还忘不了那种好滋味。但是让家里人烧起来，总不及童年时的好吃，怪哉！

正月十五，在古代是一个元宵佳节，然而赛灯之事，久已废止，只有市上卖些兔子灯、蝴蝶灯等，聊以应名而已。二十日，各店照常开门做生意，学堂也开学，过年也就结束。

北京的春节

老 舍

新年眨眼就到了啊。在除夕以前,家家必须把春联贴好,必须大扫除一次,名曰扫房。必须把肉、鸡、鱼、青菜、年糕什么的都预备充足,至少足够用一个星期的——按老习惯,铺户多数关五天门,到起码月初六才开张。假期不预备下几天的吃食,临时不容易补充。还有,旧社会里的老妈妈论,讲究在除夕把一切该切出来的东西都切出来,省得在正月初一到初五再动刀,动刀是不吉利的。这含有迷信的意思,不过它也表现了我们爱和平的人,在一岁之首连切菜刀都不愿动一动。

除夕真热闹。家家赶做年菜,到处是酒肉的香味,老少男妇都穿起新衣,门外贴好红红的对联,屋里贴好各色的年画，哪一家都灯火通宵，不许间断，炮声日夜不绝。在外边做事的人，除非万不得已，必定赶回家来，吃团圆饭，祭祖。这一夜，除了很小的孩子，没有什么人睡觉，而都要守岁。

　　元旦的光景与除夕截然不同：除夕，街上挤满了人；元旦，铺户都上着板子，门前堆着昨夜燃放的爆竹纸皮，全城都在休息。

　　男人们在午前就出动，到亲戚家、朋友家去拜年。女人们在家中接待客人。同时，城内城外有许多寺院开放，任人游览，小贩们在庙外摆摊、卖茶、食品和各种玩具。北城外的大钟寺、西城外的白云观、南城的火神庙（厂甸）是最有名的。可是，开庙最初的两三天，并不十分热闹，因为人们还正忙着彼此贺年，无暇及此。到了初五六，庙会开始风光起来，小孩们特别热心去逛，为的是到城外看看野景，可以骑毛驴，还能买到那些新年特有的玩具。白云观外的广场上有赛轿车赛马的；在老年间，据说还有赛骆驼的。这些比赛并不争取谁第一谁第二，而是在观众面前表演骡马与骑者的美好姿态与技能。

　　多数的铺户在初六开张，又放鞭炮，从天亮到清早，全城的炮声不绝。虽然开了张，可是除了卖吃食与其他重要日用品的铺子，大家并不很忙，铺中的伙计们还可以轮流着去逛庙、逛天桥和听戏。

元宵（汤圆）上市，新年的高潮到了——元宵节（从正月十三到十七）。除夕是热闹的，可是没有月光；元宵节呢，恰好是明月当空。元旦是体面的，家家门前贴着鲜红的春联，人们穿着新衣裳，可是它还不够美。元宵节，人人悬灯结彩，整条的大街像是办喜事，火炽而美丽。有名的老铺都要挂出几百盏灯来，有的一律是玻璃的，有的清一色是牛角的，有的都是纱灯；有的各形各色，有的通通彩绘全部《红楼梦》或《水浒传》故事。这，在当年，也就是一种广告；灯一悬起，任何人都可以进到铺中参观；晚间灯中都点上烛，观者就更多。这广告可不庸俗。干果店在灯节还要做一批杂拌儿生意，所以每每独出心裁的，制成各样的冰灯，或用麦苗做成一两条碧绿的长龙，把顾客招来。

除了悬灯，广场上还放花合。在城隍庙里并且燃起火判，火舌由判官的泥像的口、耳、鼻、眼中伸吐出来。公园里放起天灯，像巨星似的飞到天空。

男男女女都出来踏月、看灯、看焰火；街上的人拥挤不动，在旧社会里，女人们轻易不出门，她们可以在灯节里得到些自由。

小孩子们买各种花炮燃放，即使不跑到街上去淘气，在家中照样能有声有光的玩耍。家中也有灯：走马灯——原始的电影——宫灯、各形各色的纸灯，还有纱灯，里面有小铃，到时候就叮叮地响。大家还必须吃汤圆呀。这的确是美好快乐的日子。

一眨眼，到了残灯末庙，学生该去上学，大人又去照常做事，新年在正月十九结束了。腊月和正月，在农村社会里正是大家最闲在的时候，而猪牛羊等也正长成，所以大家要杀猪宰羊，酬劳一年的辛苦。过了灯节，天气转暖，大家就又去忙着干活了。北京虽是城市，可是它也跟着农村社会一起过年，而且过的分外热闹。

在旧社会里，过年是与迷信分不开的。腊八、关东糖、除夕的饺子，都须先去供佛，而后人们再享用。除夕要接神，大年初二要祭财神，吃元宝汤（馄饨），而且有的人要到财神庙去借纸元宝，抢烧头股香。正月初八给老人们顺星、祈寿。因此那时候最大的一笔浪费是买香蜡纸马的钱。现在，大家都不迷信了，也就省下这笔开销，用到有用的地方去。特别值得提到的是现在的儿童只快活地过年，而不受那迷信的，他们只有快乐，而没有恐惧——怕神怕鬼。也许，现在过年没有以前那么热闹了，可是多么清醒健康呢，以前人们过年是托神鬼的庇佑，现在是大家终岁，大家也应当快乐的过年。

载 1951 年 1 月《新观察》第三卷第二期

中秋节

萧 红

记得青野送来一大瓶酒,董醉倒在地下,剩我自己也没得吃月饼。小屋寂寞的,我读着诗篇,自己过个中秋节。

我想到这里,我不愿再想,望着四面清冷的壁,望着窗外的天。云侧倒在床上,看一本书,一页,两页,许多页,不愿看。那么我听着桌子上的表,看着瓶里不知名的野花,我睡了。

那不是青野吗?带着枫叶进城来,在床沿大家默坐着。枫叶插在瓶里,放在桌上,后来枫叶干了坐在院心。常常有东西落在头上,啊,小圆枣滚在墙根外。枣树的命运渐渐完结着。晨间学校打钟了,正是上学的时候,梗妈穿起棉袄打着喷嚏在扫偎在墙根哭泣的落叶,我也打着喷嚏。

梗妈捏了我的衣裳说："九月时节穿单衣服，怕是害凉。"

董从他房里跑出，叫我多穿件衣服。

我不肯，经过阴凉的街道走进校门。在课室里可望到窗外黄叶的芭蕉。同学们一个跟着一个地向我问：

"你真耐冷，还穿单衣。"

"你的脸为什么紫色呢？"

"倒是关外人……"

她们说着，拿女人专有的眼神闪视。

到晚间，喷嚏打得越多，头痛，两天不到校。上了几天课，又是两天不到校。

森森的天气紧逼着我，好像秋风逼着黄叶样，新历一月一日降雪了，我打起寒战。开了门望一望雪天，呀！我的衣裳薄得透明了，结了冰般的。跑回床上，床也结了冰般地。我在床上等着董哥，等得太阳偏西，董哥偏不回来。向梗妈借十个大铜板，于是吃烧饼和油条。

青野踏着白雪进城来，坐在椅间，他问："绿叶怎么不起呢？"

梗妈说："一天没起，没上学，可是董先生也出去一天了。"

青野穿的学生服，他摇摇头，又看了自己有洞的鞋底，走过来他站在床边又问："头痛不？"把手放在我头上试热。

说完话他去了,可是太阳快落时,他又回转来。董和我都在猜想。他把两元钱放在梗妈手里,一会就是门外送煤的小车子哗铃的响,又一会小煤炉在地心红着。同时,青野的被子进了当铺,从那夜起,他的被子没有了,盖着褥子睡。

这已往的事,在梦里关不住了。

门响,我知道是三郎回来了,我望了望他,我又回到梦中。可是他在叫我:"起来吧,悄悄,我们到朋友家去吃月饼。"

他的声音使我心酸,我知道今晚连买米的钱都没有,所以起来了,去到朋友家吃月饼。人嚣着,经过菜市,也经过睡在路侧的僵尸,酒醉得晕晕的,走回家来,两人就睡在清凉的夜里。

三年过去了,现在我认识的是新人,可是他也和我一样穷困,使我记起三年前的中秋节来。

过节和观灯

沈从文

端午给我的特别印象

说起过节和观灯,每人都有一份不同的经验。

中国是世界上一个大国,地面广、人口多、历史长、分布全国各民族语言文化风俗习惯又不一样,所以一年四季就有许多种节日,使用不同方式,分别在山上、水边、乡村、城镇举行。属于个人的且家家有份。这些节日影响到衣食住行各方面,丰富人民生活的内容,扩大历史文化的面貌,也加深了民族团结的感情。一般吃的如年糕、粽子、月饼、腊八粥,玩的如花炮、焰火、秋千、风筝、灯彩、陀螺、兔儿爷、胖阿福,穿戴的如虎头帽、猫猫鞋,做闹龙舟和百子观灯图的衣裙、坎肩、涎围和围裙……就无一不和节令密切相关。较古节日已延长了二三千年，后起的也有千把年历史，经史等古籍中曾提起它种种来历和举行的仪式。大多数节日常和农事生产相关，小部分则由名人故事或神话传说而来，因此有的虽具有全国性，依旧会留下些区域特征。比如为纪念屈原的五月端阳，包粽子、悬蒲艾、戴石榴花，虽然已成全国习惯，但南方的龙舟竞渡，给青年、妇女及小孩子带来的兴奋和快乐，就绝不是生长在北方平原的人所能想象！

　　大江以南，凡是有河流可通船舶处，无论大城小市，端午必照例举行赛船。这些特制龙船多窄而长，有的且分五色，头尾高张，转动十分灵便。平时搁在岸上，节日来临前，才由二三十个特选少壮青年，在鞭炮轰响、欢笑呼喊中送请下水。初五叫小端阳，十五叫大端阳，正式比赛或由初三到初五，或由初五到十五。沅水流域的渔家子弟，白天玩不尽兴，晚上犹继续进行，三更半夜后，住在河边的人从睡梦中醒来时，还可听到水面飘来蓬蓬哨哨的锣鼓声。近年来我的记忆力日益衰退，可是四十多年前在一条六百里长的沅水和五个支流一些大城小镇度过的端阳节，由于乡情风俗热烈活泼，将近半个世纪，种种景象在记忆中还明朗清楚，不褪色，不走样。

因此还可联想起许多用"闹龙舟"做题材的艺术品。较早出现的龙舟,似应数敦煌壁画,东王公坐在上面去会西王母,云游远方,象征"驾六龙以驭天"。画虽成于北朝人手,最先稿本或可早到汉代。其次是《洛神赋图卷》,也有个相似而不同的龙舟,仿佛"驾玉虬而偕逝"情形,作为曹植对洛神的眷恋悬想。虽历来当作晋代大画家顾恺之手笔,产生时代又可能较晚些。还有个长及数丈元明人传摹唐李昭道《阿房宫图卷》,也有几只装饰华美的龙凤舟,在一派清波中从容荡漾,和结构宏伟建筑群相呼应。只是这些龙舟有的近于在水云中游行的无轮车子,有的又和五月端阳少直接关系。由宋到清,比较著名的画还有张择端《金明争标图》,宋人《龙舟图》,元人王振鹏《龙舟竞渡图》,宋人《西湖竞渡图》,明人《龙舟竞渡图》……画幅虽不大,做得都相当生动美丽,反映出部分历史真实。故宫收藏清初十二月令画轴《五月端阳龙舟图》,且画得格外华美热闹。

此外明清工人用象牙、竹木和剔红雕填漆作的龙船,也有工艺精巧绝伦的。至于应用到生活服用方面,实无过西南各省民间挑花刺绣。被面、帐檐、门帘、枕帕、围裙、手巾、头巾和小孩穿的坎肩、涎围,戴的花帽,经常都把"闹龙舟"作主题,加以各种不同艺术表现,做得异常精美出色。

当地妇女制作这些刺绣时，照例必把个人节日欢乐的回忆，做新嫁娘做母亲对于家庭的幸福愿望，对于儿女的热爱关心，连同彩色丝线交织在图案中。闹龙舟的五彩版画，也特别受农村中和长年寄居在渔船上、货船上的妇孺欢迎，能引起他们种种欢乐回忆和联想。

记忆中的云南跑马节

还有特具地方性的跑马节，是在云南昆明附近乡下跑马山下举行的。这种聚集了近百里内四乡群众的盛会，到时百货云集、百艺毕呈，对于外乡人更加开眼。不仅引人兴趣，也能长人见闻。来自四乡载运烧酒的马驮子，多把酒坛连驮架就地卸下，站在一旁招徕主顾，并且用小竹筒不住舀酒请人品尝。有些上点年纪的人，阅兵点将一般，到处走去，点点头又摇摇头，平时若酒量不大，绕场一周，也就不免给那喷鼻浓香酒味熏得摇摇晃晃有个三分醉意了。各种酸甜苦辣吃食摊子，也都富有云南地方特色，为外地所少见。妇女们高兴的事情，是城乡第一流银匠到时都带了各种新样首饰，选平敞地搭个小小布棚，展开全部场面，就地开业，煮、炸、槌、錾、吹、镀、嵌、接，显得十分热闹。卖土布鞋面枕帕的，卖花边栏杆、五色丝线和胭脂水粉香胰子的，都是专为女主顾而准备。文具摊上经常还可发现木刻《百家姓》和其他老式启蒙读物。

大家主要兴趣自然在跑马，特别关心本村的胜败，和划龙船情形相差不多。我对于赛马兴趣并不大。云南马骨架多比较矮小，近于古人说的"果下马"，平时当坐骑，爬山越岭腰力还不坏，走夜路又不轻易失蹄。在平川地作小跑，钻子步走来匀称稳当，也显得蛮有精神。可是当时我实另有会心，只希望从那些装备不同的马背上，发现一点"秘密"。因为我对于工艺美术有点常识，漆器加工历史有许多问题还未得解决。读唐宋人笔记，多以为"犀皮漆"做法来自西南，系由马鞍鞯涂漆久经摩擦而成。"波罗漆"即犀皮中一种，"波罗"由樊绰《蛮书》得知即老虎别名，由此可知波罗漆得名便在南方。但是缺少从实物取证，承认或否认仍难肯定。我因久住昆明滇池边乡下，平时赶火车入城，即曾经从坐骑鞍桥上发现有各种彩色重叠的花斑，证明《因话录》等记载不是全无道理。所谓秘密，就是想趁机会在那些来自四乡装备不同的马背上，再仔细些探索一下究竟。结果明白不仅有犀皮漆云斑，还有五色相杂牛皮纹，正是宋代"绮纹刷丝漆"的做法。至于宋明铁错银马镫，更是随处可见。云南本出铜漆，又有个工艺传统，马具制作沿袭较古制度，本来极平常自然。可是这些小发现，对我说来却意义深长，因为明白"由物证史"的方法，此后应用到研究物质文化史和工艺图案发展史，都可得到不少新发现。当时在人马群中挤来钻去，十分满意，真正应和了古人说的，"相马于牝牡骊黄之外"。但过不多久，更新的发现，就把我引诱过去，认为从马背上研究老问题，不免近于卖呆，远不如从活人中听听生命的颂歌为有意思了。

原来跑马节还有许多精彩的活动，在另外一个斜坡边，比较僻静长满小小马尾松林子和荆条丛生的地区，那时到处有一簇簇年轻男女在对歌，也可说是"情绪跑马"，热烈程度绝不下于马背翻腾。云南本是个诗歌的家乡，路南和迤西歌舞早著名全国。这一回却更加丰富了我的见闻。

这是种别开生面的场所，对调子的来自四方，各自蹲踞在松树林子和灌木丛沟凹处，彼此相去虽不多远，却互不见面。唱的多是情歌酬和，却有种种不同方式。或见景生情，即物起兴，用各种丰富比喻，比赛机智才能。或用提问题方法，等待对方答解。或互嘲互赞，随事押韵，循环无端。也唱其他故事，贯穿古今，引经据典，当事人照例心中一本册，滚瓜熟，随口而出。在场的既多内行，开口即见高低，含糊不得。所以不是高手，也不敢轻易搭腔。那次听到一个年轻妇女一连唱败了三个对手，逼得对方哑口无言,于是轻轻地打了个吆喝,表示胜利结束,从荆条丛中站起身子,理理发,拍拍绣花围裙上的灰土,向大家笑笑,意思像是说:"你们看,我唱赢了",显得轻松快乐,拉着同行女伴,走过江米酒担子边解口渴去了。

这种年轻女人在昆明附近村子中多的是。性情明朗活泼,劳动手脚勤快,生长得一张黑中透红的脸,满口白白的牙齿,穿了身毛蓝布衣裤,腰间围了个钉满小银片扣花葱绿布围裙,脚下穿双云南乡下特有的绣花透孔鞋,油光光辫发盘在头上。不仅唱歌十分在行,大年初一和同伴各个村子里去打秋千,用马皮做成三丈来长的秋千条,悬挂在路旁高树上,蹬个十来下就可平梁,还悠游自在若无其事!

在昆明乡下,一年四季早晚,本来都可以听到各种美妙有情的歌声。由呈贡赶火车进城,向例得骑一匹老马,慢吞吞地走十里路。有时赶车不及还得原骑退回。这条路得通过些果树林、柞木林、竹子林和几个有大半年开满杂花的小山坡。马上一面欣赏土坎边的粉蓝色报春花,在轻和微风里不住点头,总令人疑心那个蓝色竟像是有意模仿天空而成的。一面就听各种山鸟呼朋唤侣,和身边前后三三五五赶马女孩子唱的各种本地悦耳好听山歌。有时面前三五步路旁边,忽然出现个花茸茸的戴胜鸟,蠢起头顶花冠,瞪着个油亮亮的眼睛,好像对于唱歌也发生了兴趣,经赶马女孩子一喝,才扑着翅膀掠地飞去。这种鸟大白天照例十分沉默,可是每在晨光熹微中,却欢喜坐在人家屋脊上,"郭公郭公"反复叫个不停。最有意思的是云雀,时常从面前不远草丛中起飞,扶摇盘旋而上,一面不住唱歌,向碧蓝天空中钻去。仿佛要一直钻透蓝空。伏在草丛中的云雀群,却带点鼓励意思相互应和。直到穷目力看不见后,忽然又像个小流星一样,用极快速度下坠到草丛中,和其他同伴会合,于是另外几只云雀又接着起飞。赶马女孩子年纪多不过十四五岁,嗓子通常并没经过训练,有的还发哑带沙,可是在这种环境气氛里,出口自然,不论唱什么,都充满一种淳朴本色美。

大伙儿唱得最热闹的叫"金满斗会",有一次在龙街村子里举行,到时候住处院子两楼和那道长长屋廊下,集合了附近几个乡村男女老幼百多人,六人围坐一桌,足足坐满了三十来张矮方桌,每桌各自轮流低声唱《十二月花》,和其他本地好听曲子。声音虽极其轻柔,合起来却如一片松涛,在微风摇荡中舒卷张弛不定,有点龙吟凤啸意味。仅是这个唱法就极其有意思。唱和相续,一连三天才散场。来会的妇女占多数,和逢年过节差不多,一身收拾得清洁利索,头上手中到处是银光闪闪,使人不敢认识。我以一个客人身份挨桌看去，很多人都像面善，可叫不出名字。随后才想起这个是村子口摆小摊卖酸泡梨的，那个是城门边挑水洗衣的，此外还有打铁箍桶的工匠、小杂货商店的管事、乡村土医生和阉鸡匠，更多的自然是赶马女孩子和不同年龄的农民以及四处漂乡赶集卖针线花样的老太婆，原来熟人真不少！集会表面说辟疫免灾，主要作用还是传歌。由老一代把记忆中充满智慧和热情的好听歌声，全部传给下一辈。反复唱下去，到大家熟悉为止。因此在场年老人格外兴奋活跃，经常每桌轮流走动。主要作用既然在照规矩传歌，不问唱什么都不犯忌讳。就中最当行出色是龙街村子一个吹鼓手，年纪已过七十，牙齿早脱光了，却能十分热情整本整套的唱下去。除爱情故事，此外嘲烟鬼、骂财主，样样在行，真像是一个"歌库"，这种人在我们家乡则叫作歌师傅。小时候常听老太婆口头语"十年难逢金满斗"，意思是盛会难逢，参加后，才知道原来这种会，只有正当金星入斗那一年才举行的。

　　同是唱歌，另外有种抒情气氛，而且背景也格外明朗美好，即跑马节跑马山下举行的那种会歌。

　　西南原是诗歌的家乡，我住云南乡下整整八年，所听到的不过是极小范围内一部分而已。新中国成立后人民自己当家做主，生活日益美好，心情也必然格外欢畅，新一代歌手,都一定比三五十年前更加活泼和热情。

灯节的灯

元宵主要在观灯。观灯成为一种制度,似乎《荆楚岁时记》中就提起过,比较具体的记载,实起始于唐初,发展于两宋,来源则出于汉代燃灯祀太乙。灯事迟早不一,有的由十四到十六,有的又由十五到十九。"灯市"得名并扩大作用,也是从宋代起始。论灯景壮丽,过去多以为无过唐宋。笔记小说记载,大都说宫廷中和贵族里灯彩奢侈华美的情况。

观灯有"灯市",唐人笔记虽记载过,正式举行还是从北宋汴梁起始,南宋临安续有发展,明代则集中在北京东华门大街以东八面槽一带。从《东京梦华录》和其他记述,得知宋代灯市计五天,由十五到十九。事先必搭一座高达数丈的"鳌山灯棚",上面布置各种灯彩,燃灯数万盏。皇帝到这一天,照例坐了一顶敞轿,由几个亲信太监抬着,倒退行进,名叫"鹁鸽旋",便于四面看人观灯。又或叫几个游人上前,打发一点酒食,旧戏中常用的"金杯赐酒"即由之而来。说的虽是"与民同乐",事实上不过是这个皇帝久闭深宫,十分寂寞无聊,大臣们出些巧主意,哄着他开心遣闷而已。宋人笔记同时还记下许多灯彩名目,"琉璃灯"可说是新品种,不仅在富贵人家出现,商店中也起始用它来招引主顾,光如满月。"万眼罗"则用红白纱罗拼凑而成。至于灯棚和各种灯球的式样,有《宋人观灯图》和《宋人百子闹元宵图》,还为我们留下些形象材料。由此得知,明清以来反映到画幅上如《金瓶梅》《宣和遗事》和《水浒传》插图中种种灯景和其他工艺品——特别是保留到明清锦绣图案中,百十种极其精美好看旁缀珠玉流苏的多面球灯,基本上大都还是宋代传下来的式样。另外画幅上许多种鱼、龙、鹤、凤、巧作灯、儿童竹马灯、在地下旋转不停的滚灯,也由宋代传来。宋代"琉璃灯"和"万眼罗",明代的"金鱼注水灯",和用千百蛋壳做成的巧作灯,用冰琢成的冰灯,式样做法虽已难详悉,至于明代有代表性实用新品种,"明角灯"和"料丝灯",实物在故宫还有遗存的。历史博物馆又还有个《明宪宗宫中行乐图》,画的是宫中过年情形,留下许多好看成串成组宫灯式样。这个传世宫廷画卷,上面还有个松柏枝扎成上挂八仙庆寿的鳌山灯棚,及灯节中各种杂剧杂技活动,焰火燃放情况,并且还有一个乐队,一个"百蛮进宝队",几个骑竹马灯演《三战吕布》戏文故事场面,画出好些明代北京民间灯节风俗面貌。货郎担推的小车,还和宋元人画的货郎图差不多，车上满挂各种小玩具和灯彩，货郎作一般小商人装束。照明人笔记说，这种种却是专为宫廷娱乐仿照市面上风光预备的。宫廷中养了七百人，就是为得皇帝一人开心而预备的。到万历时才有大臣上奏，把人数减去一半。

我生长家乡是湘西边上一个居民不到一万户口的小县城，但是狮子龙灯焰火，半世纪前在湘西各县却极著名。逢年过节，各街坊多有自己的灯。由初一到十二叫"送灯"，只是全城敲锣打鼓各处玩去。白天多大锣大鼓在桥头上表演戏水，或在八九张方桌上盘旋上下。晚上则在灯火下玩蚌壳精，用细乐伴奏。十三到十五叫"烧灯"，主要比赛转到另一方面，看谁家焰火出众超群。我照例凭顽童资格，和百十个大小顽童，追随队伍城厢内外各处走去，和大伙在炮仗焰火中消磨。玩灯的不仅要气力，还得要勇敢，为表示英雄无畏，每当场坪中焰火上升时，白光直泻数丈，有的还大吼如雷，这些人却不管是"震天雷"还是"猛虎下山"，照例得赤膊上阵，迎面奋勇而前。我们年纪小，还无资格参与这种剧烈活动，只能趁热闹在旁呐喊助威。有时自告奋勇帮忙，许可拿个松明火炬或者背背鼓，已算是运气不坏。因为始终能跟随队伍走，马不离群，直到天快发白，大家都烧得个焦头烂额，筋疲力尽。队伍中附随着老渔翁和蚌壳精的，蚌壳精向例多选十二三岁面目俊秀姣好男孩子充当，老渔翁白须白发也做得俨然，这时节都现了原形，狼狈可笑。乐队鼓笛也常有气无力板眼散乱的随意敲打着。有时为振作大伙精神，乐队中忽然又悠悠扬扬吹起"踹八板"来，狮子耳朵只那么摇动几下，老渔翁和蚌壳精即或得应着鼓笛节奏，当街随意兜两个圈子，不到终曲照例就瘫下来，惹得大家好笑！最后集中到个会馆前点验家伙散场时，正街上江西人开的南货店、布店，福建人开的烟铺，已经放鞭炮烧开门纸迎财神，家住对河的年轻苗族女人，也挑着豆豉萝卜丝担子上街叫卖了。

有了这个玩灯烧灯经验底子，长大后读宋代咏灯节事的诗词，便觉得相当面熟，体会也比较深刻。例如吴文英作的《玉楼春》词上半阕：

茸茸狸帽遮眉额，金蝉罗剪胡衫窄。
乘肩争看小腰身，倦态强随闲鼓拍。

写的虽是八百年前元夜所见，一个小小乐舞队年轻女子，在夜半灯火阑珊兴尽归来时的情形，和半世纪前我的见闻竟相差不太多。因为那八百年虽经过元明清三个朝代，只是政体转移，社会变化却不太大。至于新中国成立后虽不过十多年，社会却已起了根本变化，我那点儿时经验，事实上便完全成了历史陈迹，一种过去社会的风俗画。边远小地方年轻人，或者还能有些相似而不同经验，可以印证，生长于大都市见多识广的年轻人，倒反而已不大容易想象种种情形了。

　　　　　　　　　　一九六三年三月写于北京

1958年:我家春节前后

王福国

1958年的春节前后,我家忙碌而又热闹。先是腊月二十三,是奶奶七十五大寿。几天前,二伯父及父亲他们,戴着围裙,在灶旁案前就忙活开了。做酥锅,发蹄筋,吊鸡蛋饼,炒馅子,剁丸子,熬高汤,制备各种菜肴,并一盆盆地盛好,依次排放整齐,以期招待前来为奶奶祝寿的奶奶娘家的表大爷、表叔及我的姑父、本家的叔叔大爷们。腊月二十三这天,我家高朋满座,酒席要摆七八桌。

这些场景,在我年少时,都目睹过。

紧跟着,两天之后,三十八岁的母亲又生下了我。老王家又添了人口!我是父亲母亲的第七个孩子,是奶奶的第九个孙子。寒冬腊月,冰天雪地,我想象着,新建二路三十六号院内的那两间西屋，屋里的地炕，烧得热气腾腾，父亲早已带领哥哥们，备足了过冬的煤炭。随着我一声声的啼哭，温暖的家里充满了生机。

我的到来，三十八岁、生育了六个孩子的母亲，已没有乳汁哺育我了，她身体的能量早已被榨干，因而，我没有吸吮过她的一口奶水。听奶奶讲，我的哺乳期，是大哥二哥，用他们工资的一部分，买来一种叫炼乳的食品喂养我。从那之后，我就认定我是吃炼乳长大的。但，前些时，福香姐又纠正说，光吃炼乳，哪能吃得起！没有炼乳的时候，就在铁勺里放点面粉，在火炉上打成糨糊，一点点塞进我的嘴里。正是这些糨糊，让我过早地品尝了人间的烟火。

我终于知道我又黑又瘦的原因了。

这一年的春节，在济南工作的大哥回来了，母亲平时最惦记的就是我大哥。吃完饺子，过完年，父亲提议，到照相馆照一张相。母亲和襁褓中的我不能前往，这也是每每读此照片，我都会产生深深的遗憾和揪心的痛。因为，母亲此后就深陷病中，一生都没留下一张照片。

在我家春节期间的这张照片上，四十五岁的父亲，坐拥着他的六个孩子，满脸的坚毅和自信，他有能力抚养好他的孩子，他对每一个孩子都充满了期待，他的孩子们，就是他强大的精神支柱。其时的父亲，因为公私合营，成

为国营食品公司的一名职工，但几年后，他被派到另一家合作制的食品单位帮助工作，久而久之，他竟成了这家单位的人员。这也是一桩积郁在父亲心中的不快。但那时，他的孩子们，还都不够强大，没有能力为父亲讨回公道。

照片上的大哥，刚满二十岁，但已是具有五年工龄的工人了，他梳着那时流行的发型，着一身中山装，脚穿锃亮的皮鞋，上衣口袋里还插着一支钢笔。读此照片，我的目光，在大哥的身上停留得最长。二十岁的大哥，英俊，儒雅，表现出与年龄不符的稳健和成熟。

大哥十五岁时，父母给他凑了点钱，入股大伯父在济南开办的琉璃厂，几年后公私合营，大哥成了济南保温瓶厂最年轻的资方人员。大哥聪明，勤奋，二十多岁就达到工人的最高级，八级工，一个月拿五六十元的工资。每月发工资的日子，就是大哥往家寄钱的时间，近二十年雷打不动。二十五岁时，韩复榘曾经的镖头，他那贤惠漂亮的孙女儿，嫁给了大哥。

二哥小大哥两岁。十八岁的二哥也先后经历了夏庄煤矿、神头铁厂的几年工作，此时，他是神头电厂的工人。照片上的二哥，还未脱稚气，大哥工作在外，在家里，二哥就是父亲母亲最有力的助手。随着日后母亲的生病，二哥的工资，多数都用来为母亲求医问药。

照片上的三哥，浑身透着机灵，此时的三哥，高小毕业的第二年他就参加工作了。我家兄弟，三哥才分最高。三哥学虽上得少，但书读得多，十八九岁当团干，后又当文书。若干年后，父亲后悔没让他去当兵。当时，兵是验上了，母亲却挡下了。以后我想，当年三哥如果当了兵，凭他的才分，在部队上弄个团长、旅长的当当，应该没有多大的问题。

照这张相时，四哥七岁，刚刚读小学一年级，少时四哥胆大，调皮。谁能想到，就是当年那个调皮的孩子，若干年后成长为当地的企业家。

照片上四岁的姐姐,是个漂亮的小姑娘,她穿着母亲给她做的新衣服,辫子上扎着蝴蝶结,紧紧抿着的小嘴,更显可爱。

两岁的五哥,憨态可掬,这一如他的性格。小时候,因为母亲生病,没有人照看他,就把他放在一个木箱里,他是在木箱子里慢慢长大的。兄弟中,我与五哥接触最多,记得我曾听奶奶说,我小时候只要哭闹,五哥就过来哄我:"小孩孩,别哭了,我长大了挣了钱,给你买个猴子。"想必当时在幼小的五哥心里,买个猴子供弟弟玩耍,是最开心的事了。

母亲生下我之后,就陷入了病痛之中,曾经温馨宁静的家庭,家道中落,漫长的治疗之中,母亲几次入院,孩子没人管了,家中的秩序乱了,为给母亲治病,家中欠了一大笔债务,这笔债务偿还了很久。但,终究没有挽住我们的母亲,我七岁的时候,母亲撒手离开了我们。

母亲死于肺结核。

1958年春节前后的我们家,是一段幸福的时光。

端午的鸭蛋

汪曾祺

家乡的端午,很多风俗和外地一样。系百索子。五色的丝线拧成小绳,系在手腕上。丝线是掉色的,洗脸时沾了水,手腕上就印得红一道绿一道的。做香角子。丝线缠成小粽子,里头装了香面,一个一个串起来,挂在帐钩上。贴五毒。红纸剪成五毒,贴在门槛上。贴符。这符是城隍庙送来的。城隍庙的老道士还是我的寄名干爹,他每年端午节前就派小道士送符来,还有两把小纸扇。符送来了,就贴在堂屋的门楣上。一尺来长的黄色、蓝色的纸条,上面用朱笔画些莫名其妙的道道,这就能辟邪么?喝雄黄酒。用酒和的雄黄在孩子的额头上画一个"王"字,这是很多地方都有的。有一个风俗不知别处有不:放黄烟子。黄烟子是大小如北方的麻雷子的炮仗，只是里面灌的不是硝药，而是雄黄。点着后不响，只是冒出一股黄烟，能冒好一会儿。把点着的黄烟子丢在橱柜下面，说是可以熏五毒。小孩子点了黄烟子，常把它的一头抵在板壁上写虎字。写黄烟虎字笔画不能断，所以我们那里的孩子都会写草书的"一笔虎"。还有一个风俗，是端午节的午饭要吃"十二红"，就是十二道红颜色的菜。十二红里我只记得有炒红苋菜、油爆虾、咸鸭蛋，其余的都记不清，数不出了。也许十二红只是一个名目，不一定真凑足十二样。不过午饭的菜都是红的，这一点是我没有记错的，而且，苋菜、虾、鸭蛋，一定是有的。这三样，在我的家乡，都不贵，多数人家是吃得起的。

　　我的家乡是水乡。出鸭。高邮大麻鸭是著名的鸭种。鸭多，鸭蛋也多。高邮人也善于腌鸭蛋。高邮咸鸭蛋于是出了名。我在苏南、浙江，每逢有人问起我的籍贯，回答之后，对方就会肃然起敬："哦！你们那里出咸鸭蛋！"上海的卖腌腊的店铺里也卖咸鸭蛋，必用纸条特别标明，"高邮咸蛋"。高邮还出双黄鸭蛋。别处鸭蛋也偶有双黄的，但不如高邮的多，可以成批输出。双黄鸭蛋味道其实无特别处。还不就是个鸭蛋！只是切开之后，里面圆圆的两个黄，使人惊奇不已。我对异乡人称道高邮鸭蛋，是不大高兴的，好像我们那穷地方就出鸭蛋似的！不过高邮的咸鸭蛋，确实是好，我走的地方不少，所食鸭蛋多矣，但和我家乡的完全不能相比！曾经沧海难为水，他乡咸鸭蛋，我实在瞧不上。袁枚的《随园食单·小菜单》有"腌蛋"一条。袁子才这个人我不喜欢，他的《食单》好些菜的做法是听来的，他自己并不会做菜。但是《腌蛋》这一条我看后却觉得很亲切，而且"与有荣焉"。文不长，录如下：

> 腌蛋以高邮为佳，颜色细而油多，高文端公最喜食之。席间，先夹取以敬客，放盘中。总宜切开带壳，黄白兼用；不可存黄去白，使味不全，油亦走散。

高邮咸蛋的特点是质细而油多。蛋白柔嫩，不似别处的发干、发粉，入口如嚼石灰。油多尤为别处所不及。鸭蛋的吃法，如袁子才所说，带壳切开，是一种，那是席间待客的办法。平常食用，一般都是敲破"空头"用筷子挖着吃。筷子头一扎下去，吱——红油就冒出来了。高邮咸蛋的黄是通红的。苏北有一道名菜，叫作"朱砂豆腐"，就是用高邮鸭蛋黄炒的豆腐。我在北京吃的咸鸭蛋，蛋黄是浅黄色的，这叫什么咸鸭蛋呢！

端午节，我们那里的孩子兴挂"鸭蛋络子"。头一天，就由姑姑或姐姐用彩色丝线打好了络子。端午一早，鸭蛋煮熟了，由孩子自己去挑一个。鸭蛋有什么可挑的呢？有！一要挑淡青壳的。鸭蛋壳有白的和淡青的两种。二要挑形状好看的。别说鸭蛋都是一样的，细看却不同。有的样子蠢，有的秀气。挑好了，装在络子里，挂在大襟的纽扣上。这有什么好看呢？然而它是孩子心爱的饰物。鸭蛋络子挂了多半天，什么时候孩子一高兴，就把络子里的鸭蛋掏出来，吃了。端午的鸭蛋，新腌不久，只有一点淡淡的咸味，白嘴吃也可以。

孩子吃鸭蛋是很小心的。除了敲去空头，不把蛋壳碰破。蛋黄蛋白吃光了，用清水把鸭蛋壳里面洗净，晚上捉了萤火虫来，装在蛋壳里，空头的地方糊一层薄罗。萤火虫在鸭蛋里一闪一闪地亮，好看极了！

小时读囊萤映雪的故事，觉得东晋的车胤用练囊盛了几十只萤火虫，照了读书，还不如用鸭蛋壳来装萤火虫。不过用萤火虫照亮来读书，而且一夜读到天亮，这能行吗？车胤读的是手写的卷子，字大，若是读现在的新五号字，大概是不行的。

红闺女

新凤霞

中国一年三节：五月节、八月节、春节，都是农历的好日子。五月节收了麦子，八月节过秋收，春节正是冬闲了。这三个节中国人最重视了。

我是在天津长大学戏演戏的。天津人过节可讲究啦，春节最热闹，家家户户、老老少少一年忙到头，都是为了过好春节。大人说："过春节，穷人年关，富人年欢。"年关，是还账的日子；年欢是吃喝玩乐、接闺女带女婿、走亲戚拜朋友的日子。一进腊月就有春节的气氛了，不许说"少了""不满了""没有了""不够了"等。包饺子如面少了，就说"馅多了"。缸里水少了，要说"浅了"，或者说"缸过水"。

腊月一开始就忙过年。"腊八腊八，金豆子到家。"腊月初八泡腊八醋，就是把剥皮的大蒜泡在醋里，这种醋等到年三十才能吃。

腊月二十三灶王爷要上天，向玉皇大帝述职。家家过小年，这一天，人们要把一些用麦芽糖制成的元宝形、瓜形、圆球形的糖瓜沾供奉在大小灶口，这就是人们常说的"送灶神用糖瓜沾，年年保平安"。到了夜里，把灶王爷从厨房墙壁灶王板上请下来。请下灶王爷时人们得烧香磕头，而后把绘有灶王的神像烧了。在烧神像时，人们还要念念有词："灶王爷上天了，要有一句说一句。不要造假生闲气，保佑咱顺顺当当。"到了三十，再买一张灶王爷像供上。

"腊月二十四，扫房糊窗户。"要把屋子卫生搞好，要拆洗被子、扫房、刷房、糊顶棚、擦玻璃。

"腊月二十五，旧衣新布补。"要把新衣服做好。有孩子的都得给他们备上新衣，没新衣补块补丁也要新红布。

"腊月二十六，备面备鱼炖大肉。"这是准备年货的日子。

"腊月二十七，杀鱼杀鸭杀公鸡。"母鸡是不杀的，留着春天下蛋。

"腊月二十八，白面发。"要发面做蒸食。主要是蒸馒头，要做出豆馅的、红白糖馅的，还有一些小动物的。

比如长元宝形拉出一个尖嘴，用绿豆作眼睛，用剪刀剪出一个个刺来，做成"刺猬"。还有"老鼠拉木锨""小猫""小兔子"。还用油和面炸出很多面食：小麻花、小方块、小斜块等。装进面口袋，晾在院里。另外还得做出许多菜，放在缸里，并把缸放在院里冻着。都是留着正月来客吃。因从正月初一到十五，不许动菜刀。

"腊月二十九，对联门上走。"家家都要贴对联、门神。横联多是"出门见喜""见面发财""财神上门"等。有的把"福"字倒贴，意为"福"到了。更丰富热闹的是窗花剪纸：数不完的动物花样贴在玻璃窗和白纸窗上。剪纸有各种古老的花样，如"聚宝盆""金马聚""财神送宝""肥猪拱门"等。

年三十要供全神像，请来灶王爷像供在灶王板上。这天，家家都在早晨扫一次地，之后就不能再扫了。晚上地上还要铺上芝麻秸，人们在上面踩来踩去，这叫"踩岁"。黄纸钱要贴在门口、窗上、神像两旁。用金银纸做出金、银"元宝"，贴在窗上，供在桌神像两旁等处。用芝麻秸插在大花盆里，粘黄纸钱、金银元宝、红绿彩纸条子，写上吉祥字："大发财源""招财进宝""全家欢聚""日进斗金""万事如意"等。年三十整夜守岁，不睡觉。老太太玩纸牌，小孩掷骰子。过了十二点接财神，全家烧香磕头，放鞭炮。

新凤霞二十岁时摄于天津（1945年）

年初一女人要穿一身红，头戴大红花，才能出门见人，小孩见着长辈磕头拜年能得红包。如不穿红是忌讳，不吉利，人家见着要啐唾沫。

我从腊月二十三小年起，就要忙着过年的活。过年要穿一身红也不容易，因为家里穷，没有钱买红布，便用面口袋染红做衣服。红衣服做好后，便把它放在枕头边，自己高兴得一会儿就要去看看，因这红衣服要等到年初一凌晨接完神后才能穿。过年，家里给我买一朵聚宝盆红绒花，我把它戴在脑门当中，为的是颜色鲜艳，叫人看得见。大家喜欢我穿一身大红衣、脑门前戴一朵聚宝盆大红花，叫我"红闺女"。给大人磕头拜年大红花碍事，不是碰了，就是被风刮走。我在脑门前用红绒绳扎个小辫，把绒花扎在小辫上不会掉下来。可是二伯母骂我："一朵大聚宝盆戴在脑门儿上，像个傻大姐！"

戏班过年更热闹，后台供桌上供着全神像。这是财主挣钱、演员受累的日子。那时前后台通着，随便出入，有观众来后台要看看演员的穿戴。初一这天，在后台煮一大锅红枣汤，穷苦演员和我们小孩儿争着端红枣汤，为了得红包。一小碗红枣汤至少得四个红枣。端红枣汤时要先说吉祥话："您接元宝吧！您喝元宝汤吧！"我总是规规矩矩站着，心里想着红包，待对方接过红枣汤碗，便趴地磕个头说:"祝您发财,元宝到手,越过越有!"对方给个红包,再磕个头说:"愿您发财!"说完就走。

我端"元宝汤"最多了,得的红包也多。人家看我是小孩儿,又穿一身红,脑门戴朵大红聚宝盆,双手端着元宝汤,吉利,就愿意给红包。我得了红包,回到家一个钱也不留,都交给母亲。父亲有肺病,吐血。我对母亲说:"给爸爸买药,消炎去病。"

天津年三十晚上就忌女人,除去家里女性外,不许其他女性进屋了。有钱人和大买卖家要在年初一天亮请一个童女来闹市,图吉祥。开市要念"吉庆歌":"门市大吉,吉庆有余;开市我就来,保您大发财;开市我快跑,您家进元宝;开市走进门,请接聚宝盆;开市戴红花,财神到您家!"我这身红讨人喜欢,叫我去开市的人家就多。人说:"哎哟,红闺女来了,多好哇!"我念吉利歌清清楚楚,很受欢迎。

有一年我连着给三四家有钱人家开市。有一家给我抓了一把点心,我不吃。还有一家给抓了瓜子,我连看也不看。我空着肚皮早五点赶着一家家去开市,饿得心里慌。腿软脚下急,迈门槛一下子摔了一跤,门牙摔掉了半个,嘴唇也磕破了。带着伤也得去呀!这是最后一家,进门就被他家大人孩子连推带搡地把我轰赶出来了,还大骂:"真他妈的丧气，嘴上流着血就进我家大门！"我转身就向胡同跑。不想他家老太太在屋里喊叫："快！叫那孩子进来！她带着红了！吉祥啊！快点吧！"忽然又死拉活推，把我叫回了屋。我进了屋就开口念了吉庆歌，老太太笑着，张着没有牙的嘴，哆哆嗦嗦地给了我一个红包。出了大门，我心里想着他们骂我的样子，心里好难过。年初一不许哭，要是一哭，一年不吉利。自己劝着自己，我把红包交给母亲一看，才两个铜板，我从母亲手中抢过来就扔在院子里。二伯母说："小凤啊，年初一向院里扔钱可不吉利呀！快捡回来，进财！"她开了门把我向院里雪地狠劲一推。我用手去雪里找，两只手冻僵了才把两个铜板找回来。我进了屋，二伯母说："好了，把财找回来了，拿来入库。"她把钱装进了自己的口袋。

三十过了，讲："初一的饺子初二的面，初三的合子团圆饭，初四初五是破五的饺子多多煮。初六初七初八九，大鱼大肉鸡鸭参虾吃个够，子子孙孙都长肉。"初十到十五煮元宵不许数个，要说"无数"，是吉祥。

从腊月小年到正月十五要热闹近一个月，年才算终于过完了。

年夜思

冯骥才

民间有些话真是意味无穷,比如"大年根儿"。一年的日子即将用尽,就好比一棵树,最后只剩一点根儿——每每说到这话的时候,便会感受到岁月的空寥,还有岁月的深浓。我总会去想,人生的年华,到底是过一天少一天,还是过一天多一天?

今年算冷够劲儿了。绝迹多年的雪挂与冰柱也都奇迹般地出现。据说近些年温温吞吞的暖冬是厄尔尼诺之所为;而今年大地这迷人的银装素裹则归功于拉尼娜。听起来,拉尼娜像是女性的称呼,厄尔尼诺却似男性的名字。看来,女性比起男性总是风情万种。在这久违的大雪里,没有污垢与阴影,夜空被照得发亮,那些点灯的窗子充满金色而幽深的温暖。只有在这种浓密的大雪中的年，才更有情味。中国人的年是红色的，与喜事同一颜色。人间的红和大自然的银白相配，是年的标准色。那飞雪中飘舞的红吊钱，被灯笼的光映红了的雪，还有雪地上一片片分外鲜红的鞭炮碎屑，深深嵌入我们儿时对年的情感里。

旧时的年夜主要是三个节目。一是吃年饭，一是子午交接时燃放烟花爆竹，一是熬夜。儿时的我，首先热衷的自然是鞭炮。那时我住在旧英租界的大理道。鞭炮都是父亲遣人到宫北大街的炮市上去买，用三轮运回家。我怀里抱着那种心爱的彩色封皮的"炮打双灯"，自然瞧不见打扮得花枝招展而得意扬扬的姐姐和妹妹们。至于熬夜，年年都是信誓旦旦，说非要熬到天明，结果年年都是在噼噼啪啪的鞭炮声里，不胜困乏，眼皮打架，连怎么躺下、脱鞋和脱衣也不知道。早晨睁眼，一个通红的大红苹果就在眼前，由于太近而显得特别大。那是老时候的例儿，据说年夜里放个苹果在孩子枕边，可以保平安。

在儿时，我从来没把年夜饭看得特别非凡。只以为那顿饭菜不过更丰盛些罢了。可是轮到我自己成人又成家，身陷生活与社会的重围里，年饭就渐渐变得格外的重要了。

每到年根儿，主要的事就是张罗这顿年饭。七十年代的店铺还没有市场观念。卖主是上帝。冻鸡冻鸭以及猪头都扔在店门外的地上。猪的"后座"是用铡刀切着卖；冻成大方坨子的带鱼要在马路上摔开。做年饭的第一项大工程，是要费很大的力气把这些带着原始气息的荤腥整理出来。记忆中的年饭是一碗炖肉、两碟炒菜，还有炸花生、松花蛋、凉拌海蜇和妻子拿手的辣黄瓜皮——当然每样都是一点。此外还有一样必不可少的，那是一只我们宁波人特有的红烧鸭子，但在七十年代吃这种鸭子未免奢侈，每年只能在年饭中吃到一次。这样一顿年饭，在当时可以说达到了生活的极致。几千年来，中国人的年饭一直是中国社会经济状况的最真实的上限的"水位"。我说的中国人当然是指普通百姓，绝不是官宦人家。年的珍贵，往往就是因为人们把生活的企望实现在此时的饭桌上。那些岁月，年就是人生中一年一度用尽全力来实现出来的生活的理想呵！平日里把现实理想化，过年时把理想现实化。这是中国人对年的一个伟大的创造。

然而，这年饭还有更深的意义。由于年饭是团圆饭。就是这顿年饭，召唤着天南海北的家庭成员，一年一次地聚在一起。为了重温昨日在一起时的欢乐，还是相互祝愿在海角天涯都能前程无碍和人寿年丰？此刻杯中的酒，碗里的菜，都是添加的一种甜蜜蜜的黏合剂罢了。那时，父亲在世，年年都去他家，钻进他的阴暗的小屋，陪他吃年饭。他那时挨整。每天的惩罚是打扫十三个厕所，冬天里便池结冰，就要动手去清理。据说"打扫厕所就是打扫自己脑袋里的思想"。于是我们的年饭就有了另一层意愿——叫他暂时忘了现实！可是我们很难使他开心地笑起来。有时一笑，好似痉挛，反倒不如不笑为好。父亲这奇特而痛苦的表情就被我收藏在关于年的记忆中。每年的年夜都会拿出来看一看。

旧时中国人的年，总是要请诸神下界。那无非是人生太苦，想请神仙们帮一帮人间的忙。但人们真的相信有哪位神仙会伸手帮一下吗？中国人在长期封建桎梏中的生存方式是麻痹自己。1967年我给我那时居住的八平方米的小屋起名字叫宽斋。宽是心宽，这是对自己的一种宽慰；宽也是从宽，这是对那个残酷的时代的一种可怜的痴望。但起了这名字之后我的一段生活反倒像被钳子死死钳住了一样。记得那年午夜放炮时，炸伤了右手的虎口，以致很长时候不能握笔。

我有时奇怪。像旧时的年，不过吃一点肉，放几个炮。但人们过年怎么会有这么大的劲头？那时没有电视春节晚会，没有新春音乐会和新商品展销，更没有全家福大餐。可是今天有了这一切，为什么竟埋怨年味太淡？我们怀念往日的年味，可是如果真的按照那种方式过一次年，一定会觉得它更加空洞乏味了吧!

我想,这是不是因为我们一直误解了年?

我们总以为年是大吃大喝。这种认识的反面便是,有吃有喝之后,年就没什么了。其实,吃喝只是一种载体,更重要的是年赋予它的意义。比如吃年饭时的团圆感、亲情、孝心,以及对美好未来的希冀与祝愿。正为此,愈是缺憾的时候,渴望才来得更加强烈。年是被一种渴望撑大的。那么,年到底是精神的,还是物质的?当然它首先是精神的!它绝不是民族年度的服装节与食品节。而是我们民族一年一度的生活情感的大爆发,是以家庭为单位的大团聚,是现实梦想的大表现。正因为这样,年由来已久;年永世不绝。只要我们对生活的向往与追求紧拥不弃,年的灯笼就一定会在大年根儿红红地照亮。

写到此处,忽有激情迸发,奔涌笔端,急忙展纸,挥笔成句,曰:

玉兔已乘百年去,
青龙又驾千岁来;
风光铺满前程地,
鲜花随我一路开。

一时写得水墨淋漓，锋毫飞扬，屋内灯烛正明，窗外白雪倍儿亮。心无块垒，胸襟浩荡是也。

庚辰春节于津门醒夜轩

过　年

梅子涵

过年的时候，我很想女儿。这个小孩，迅速已是大人，在法国学习、写作，用熟练的语言翻译着法国文学，甚至把《小王子》《风沙星辰》也翻译一遍，安心地度过巴黎的四季。夏天没有回来，冬天也不回来，其实她是应该回来过年的，在那儿过圣诞节，回来过春节，多么好，西方东方都有了，家里也会增加很多忙碌和热闹，我还可以有理由买鞭炮，看着她捂住耳朵躲得远远的，我用香小心翼翼地点燃。我就只能想，是遥远的路途，她即使想回家，也总要学会打消了念头。是很遥远很不近的！我每次去她那儿，也都是飞得摇摇欲坠，蒙古的高空，俄罗斯的高空，才终于飞进欧洲高空，黑夜白天可以在十多个小时里升起又落下,这个长大的小孩,在戴高乐机场接我,看见的都是我的一张摇摇欲坠的脸,神情里日月交错。除了路途,我还想,她也一定是觉得自己长大了,生活在一个地方,就安稳些地在那儿从早到晚吧,买菜做饭,白天在自己房子门口的路上行走,晚上睡在自己的床上,不要老是往父母身边跑,让自己觉得自己没有成长,没有力量,没有真实独立。她一定觉得真实独立了,能够站在自己的公寓窗口想念很远的父母,想念童年和成长的许多天真和滑稽,是最符合她生活的巴黎感觉和法国精神的。她也许是要硬着头皮证明,这就是成长的最能让父母安心的标准!

女儿,你想的也许都对!

可是过年了,我还是很想你。

我会想你在那儿吃些什么呢?过年是会想吃什么的。我不舍得你只是为自己烤一只鸡,烤一点土豆。你烤得非常好,可是太简单了。你也会包饺子了,但还是太简单。我愿意你和西尔万的面前有满满的一桌。满满一桌是中国年的标志,是真正的过年气息和欢乐,上面要有冷盆,最后还要有春卷和放了蛋饺、百页包和菠菜的大砂锅,蘸着醋吃春卷,砂锅的热气飘着飘着,所有心满意足的心情都在那热气里,没有旁的心思了。可是,女儿,你那儿没有这些,所以,每次过年,我坐在这样的热气里,心里就有好多的心思，我想你！

每次在巴黎，在你雨果大街的家里，看着你津津有味地吃着自己做的一点儿法国菜、意大利面，我虽然不舍得，可是心里也就特别安定了。我正是这样看到你的确长大了。你不是还在童年里，还在那个家，那个土地，那个丰富多彩的口味里。你已经完成了行走里的新接受，有了新挑选、新兴奋。你不是一个只有追忆的逝水年华里的小饼干才是最好吃的人，你走到一棵陌生树下，采下一个不知名字的果子，也会笑眯眯地心花怒放。你就是这样地喜欢起了法国长棍和奶酪，你吃意大利比萨也是心花怒放，好像准备唱一首赞美歌。

女儿，这样很好！这才是真成长。这也才是真的丰富多彩。家乡的那个门牌号，家里的那张熟悉的餐桌，固然是一生的惦记，但是有一个远方的门牌号，渐渐地惦记起自己的小餐桌，这毕竟是很有出息的，是生命的必须实现，我想你的时候，也因此有很多的自豪、荣耀，我绕过蒙田的铜像，走进你上学的索邦大学时，心里也是这样的自豪和荣耀的。

是啊，你不是一岁的时候，大人们看着春节晚会，高兴得恨不得马季们的相声不要结束，可是你早已经在沙发上睡得比春晚还可爱的小婴孩了；你不是四五岁的时候，在家门口，拉着一个姐姐送的大兔子灯，小心翼翼地看着摇曳的蜡烛火，唯恐会熄灭，从这头快乐地走到那头的小幼儿了；你也不是七八岁的时候，我在淮海路的商店里买了一个很贵的大北极熊送给你过新年，你抱着走啊走啊，走也走不动的小儿童了；你也不是十八岁的时候，想有个好些的高考成绩，也懵懵懂懂跑去龙华寺，忧伤地烧一根香给观音给菩萨的不安少女了。一切都不一样了，你坐在雨果大街的公寓窗口，想着还可以把一些什么样的法国文学的故事讲给中国人听，讲给我听，讲给不甘心只看浅浅文字的真读者们听。你已经不是那个你自己写的朝北教室的风筝，你的窗口是朝南的，初升的太阳和很蓝的天空你都看得见，你已经在接近海阔天空。

　　女儿，可是我还是很想你。我最怕年三十的晚上，吃年夜饭的时候，你打电话来。你用几乎还是小时候的细细的声音说："爸爸，你们在吃年夜饭了？吃什么菜啊？"我总是就想哭了。因为我知道你还是在想念家里的过年，想着满满的一桌菜，想着春卷和大砂锅。在热气里，没有人看得见我的眼泪，在我心里缓缓地流。

　　女儿，过年了，你也为自己好好做一桌菜，和西尔万一起吃。新年好！

2013 年 2 月 9 日

故乡的七夕

徐 鲁

农历"七夕"刚刚过去,我收到了童年的伙伴小月从故乡的来信。小月告诉我,七夕那天,一群青梅竹马的小伙伴,又一次聚集在村东那片玉米林后面的白沙滩上,摆了一桌布的"巧巧面"。除我之外,所有当年的伙伴都聚齐了,也都分吃到了巧巧面。伙伴们问我:什么时候能回去?是不是把故乡给忘了,把乡亲们和伙伴们给忘记了?

捧读着小月的来信,我的眼前一下子闪过了童年时过七夕节的情景:朗朗夜色,沁凉如水;纤云弄巧,流萤无声。灿烂的星光下,沙沙的玉米林边,围坐着一群满怀着美丽梦想的乡村少年。远处,白茫茫的大海在闪耀着神秘的海光,隐隐可听见生命的潮声在喧响,从遥远的天边一直传到我们的心中。

故乡的七夕，我们又叫它"乞巧节"。虽然不像现在有些地方叫的"少女节""情人节"那么浪漫动听，但它留给我的记忆却是那么美好、清晰和久远。

传说七夕之夜，是勤劳忠厚的牛郎和美丽善良的织女一年一度相会的时刻。老人们说，当更深夜静的时候，如果你凝神静听，就会听见从"天河"上传来的幽幽低诉的声音，那是牛郎带着两个可怜的孩子和织女团圆的时刻。到五更时分，他们就又得含泪分别了。

美丽的传说留下了美丽的忧伤，天上人间，代代相传。后来，每逢七夕，我总会心事重重地坐到半夜，总希望听到从天河上传来的幽幽低诉的声音。即使是夏夜乘凉时，也常常这样想。不过直到现在仍然没有听到过——当然听不到的。幽幽低诉的声音自然是常有的，但它们都不是天上的而是来自人间，来自我身边的亲人们的。

老人们还说，七夕之夜，女孩子们如果在天井里摆上香案，供上瓜果，再用七根丝线和七支绣花针，坐在星光下穿针引线，便会从善织的织女那里乞得心灵手巧。不仅女孩子们，就是上学念书的小学生们，如果此夜手持纸笔，谦恭而诚实地在星光下揖拜，也会乞得聪颖伶俐的。

就因为这，我们那时候对七夕乞巧，总是做得郑重其事，不敢有丝毫怠慢的。是呀，谁愿意自己成为一个手脚笨拙、心灵愚讷的人呢？

小月在信上所说的分吃"巧巧面"，也是乞巧的一种方式。从七夕那天早晨开始，村里的女孩子、小媳妇和小学生们，三五个人组合成一伙，每人端着小瓢儿，满脸含笑地挨家乞得一点点白面、花生、瓜果，然后到一个主办者家里，或到一棵老槐树下，或到一间扫得干干净净的老碾坊里——我们那一伙是年年聚集在村东玉米林后面的白沙滩上的——大家分头把做好的各种简易的面食，摆进一个个小碗里……一切准备停当了，天也黑了，星星月亮也升起来了。

这时，大家便轮流着对那天上的星星默默礼拜，默念着自己所期盼的心事和愿望。做完了礼拜，大家便开始享用这顿真正的"自助餐"，谈天说地，且歌且乐，气氛十分活跃。把各自的心事寄予朗朗的星月，把美好的希望留在真纯的心间，天上地下，心心相通，即使是在艰辛和贫穷的年月里，我们的心中也充满了欢情与梦想。

小月是我们中间心最灵、手最巧的小丫，善良又俊美。她不仅书念得好，而且会绣花、会缝织、会做各种草编，是全村人人疼爱的小丫。我曾问过她，乞巧时心里在默默说些什么，她低头含笑，从来也不肯告诉我。

搭不成伙、吃不到百家乞来的"巧巧面"的人，也有办法。他们用自家的面粉做成一种面食，名曰"巧花"，或莲蓬形，或金鱼形，或花篮形，或喜鹊形，或狮子形……都是先用各种木刻模子印好，再在锅里烘烤而成的。这种面食可以放得很久。我十七岁时独自离开故乡到远方求学时，路上带着吃的，就是老祖母为我做的半布袋"巧花"。远行人带"巧花"离乡，还有亲人们会年年等你到七夕的意思。那时候我还不知道，这是小月后来告诉我的。

我曾在一本书读到过这样一段话：有一些人，在出生的地方他们好像是过客；孩提时代就非常熟悉的浓阴郁郁的小巷，同小伙伴们游戏其中的人烟稠密的街衢，对他们来说都不过是旅途中的一个宿站。这种人在自己的亲友中终日落落寡合，在自己唯一熟悉的环境里也始终只身独处。而一旦由于什么原因逼使他们远游异乡，经过了多少年后，作为一个漫游者重新回到他们离开了多年的土地与村庄，他们才会神秘地感到，原来只有这里才是自己的栖身之处，只有这里才是他一直在寻找的家园，只有在这里，他的心才能够安静下来……我常常想，我自己，是不是就是这样一个人呢？

那年夏天，我终于有机会回到故乡的小村庄了。村东的那片空地，仍然种着我熟悉的玉米。青青的玉米叶子在沙沙作响。我放慢脚步,仿佛在寻找我的旧梦,在找寻我失落在这里的一切——我的身高、我的体重、我的肺活量,还有我童年的友谊、欢乐与忧伤……

穿过玉米林,我坐在那片白沙滩上。大海的潮声隐隐传来,又一次在我的生命里回响。我的眸子里无声地噙满了热泪。

我看到了当年的一些青梅竹马的小伙伴。岁月也悄悄地改变了他们的模样,但改变不了的是他们的神态、他们的声调、他们的质朴和热诚的心肠。他们一个个都有了自己富足的小家。多年来,他们都在用自己的双手,编织着整个家乡的新美的日子。

坐在伙伴们中间,一瞬间,我产生了这样一个念头:假如当初,我不离开家乡,还和伙伴们在一起,我会变成什么样呢?

我把目光投向那片青青的玉米林。没有谁能回答我,既然我已经离开了故乡。但我知道,无论我在哪里,故乡永远都装在我的心中。为了感恩故乡,为了昔日的小伙伴们的期待,我会永远好好地去生活,好好地去热爱这个世界的。

岁时饮馔·十一月

王稼句

俗话说"冬至大如年",苏州人最重冬至节,亲朋以食品相馈遗,提筐担榼,充斥道路,俗呼为送冬至盘。徐士铉《吴中竹枝词》咏道:"相传冬至大如年,贺节纷纷衣帽鲜。毕竟勾吴风俗美,家家幼站拜尊前。"这个习俗,称为拜冬,由来已久。周遵道《豹谈纪隐》就说:"吴门风俗,多重至节,谓曰肥冬瘦年,互送节物。寓官顾侍郎度有诗曰:'至节家家讲物仪,迎来送去费心机。脚钱尽处浑闲事,原物多时却再归。'"自家送出的冬至盘,竟然又给他人送了回来,真是可笑的事。

冬至前一夜称冬至夜,柴萼《梵天庐丛录》卷三十三说:"旧称七夕用六日,清明用前一日,不知何本。吴俗,以冬至前一日之夜,谓之冬至夜,次日冬至,谓之冬至朝。相传其俗起自张士诚,士诚以冬至不宜当日宴贺,宜先一日置酒高会,乃得迎阳。民间因循成俗,至今尚然。"冬至夜家家开筵饮,吴人称为吃分冬酒。钱大昕《竹枝词和王凤喈韵六十首》之一咏道:"生泔醆醲出新筥,令节分冬一醉休。怕见三朝迷雾重,装绵径寸暖于裘。"自注:"冬至前一夕饮酒,谓之分冬酒。谚云:'三朝迷雾刮西风。'"分冬酒一般用冬阳酒或冬酿酒,酒味甚淡,如酒酿汤,都在市中购置,金孟远《吴门新竹枝》咏道:"冬阳酒味色香甜,团坐围炉炙小鲜。今夜泥郎须一醉,笑言冬至大如年。"自注:"吴谚有'冬至大如年'之语,故须家人团坐,吃消夜,饮冬阳酒,以庆良夜。冬阳酒,味甜色绿,每至冬至,由酱园特制以售客,过时不候,故亦名冬酿酒。"

冬至节前,苏州家家户户磨粉制团,以糖肉、菜果、豆沙、萝卜丝等物馅,名为冬至团。冬至团有大小之分,大者俗称稻窠团,冬至夜祭先品也;小而无馅者称粉团,冬至朝供神品也。故蔡云《吴歈百绝》曰:"慌张干湿料残年,冬夜亦闻分岁筵。大小团圆两番供,殷雷初听磨声旋。"从那时起,苏州人家纷纷制糕做团,有谢灶团、春朝粉圆、年朝粉圆等,直至岁暮,里巷间磨声不绝。

包天笑在《衣食住行的百年变迁》里说:"十一月的

冬至节,颇为隆重,语云'冬至大如年',因为中国是传统的重农之国,到了冬至,一年的秋收已毕,大家应得欢庆吃一餐饭。所以在冬至节的前夜,名曰'冬至夜',合家团聚,吃冬至夜饭。这时候的天气,已可以吃暖锅了,鱼肉虾菜,集成一炉。在冬至那一节上,有一种特制的酒,名曰'冬酿酒',甜酒也,儿童辈争饮之。点心则有自制的冬至团,但此亦上中级人家才有此享受,贫穷人家无此排场,有两句俗语道:'有的冬至夜,无的冻一夜。'可以道出炎凉的程度。"

俗以冬至日数起,至九九八十一天而寒尽,苏州人称为"连冬起九",即严寒来临之候。时朔风号野,寒景萧条,无论大街小巷,酒帘尽偃,故谚话说:"大寒须守火,无事不出门。"富贵人家花户油窗以避寒,新装纸阁以通明,深护绣帷以聚暖。文人雅士则结侣为消寒会,团坐围炉,浅斟低唱,大蟹肥鱼,分曹促席,诗牌酒笺,排日为欢,碧串红牙,倾囊买笑,前人称之为暖冬。

寒冬时的吃食很多,最有时令特色的,大概就是乳酪和饧糖。乳酪是牛奶炼制成的食品,有干湿二种,干者成块,湿者为浆。正德《姑苏志》卷十四说:"牛乳,出光福诸山,田家畜乳牛,善饷以刍豆,取其乳,如蒗乳法,点之名乳饼,可以致运,四方贵之。别点其精者为酥,或作泡螺、酥膏、酥花。"莫旦《苏州赋》有"顾村之乳",自注:"吴县顾搭村,出乳饼最佳。"钱思元《吴门补乘》卷二则有"安雅堂酪"之记,推为郡城第一。牛奶也占有相当的市场,《吴郡岁华纪丽》卷十一说:"寒冬农家畜乳牛,取乳汁入瓶,日担于城,鬻于富家,呼为乳酪。"但也有弄虚作假的,夏曾传《随园食单补证》说:"苏州乡人又有担卖者,则以米泔水掺之,久食必泻,其验也。"饧糖即麦芽糖,以麦芽熬米而成。冬时风燥糖脆,利人齿牙。寒宵担卖,锣声铿然,凄绝街巷,夜作人资以疗饥。儿童闻声,启户而买,入口甘甜,欢然语笑,也是西风篝火中一景也。常熟严公祠旁茶肆出的剪松糖,常熟直塘出的葱管糖,昆山出的麻粽糖,都是饧糖的名品。据光绪《盛湖志》卷三记载,吴江盛泽产的饴糖,称为绸糖,"以粞麦为之,用以练绸"。故沈云《盛湖竹枝词》咏道:"米制饴糖异杂粮,练绌光洁味甘芳。初非养老兼粘牡,惠跖何劳论短长。"自注:"饴糖以米为之,用以练绸,洁白甘鲜,食之绝佳。他处用杂粮,故皆不及。"

这时在农村里,则将一岁之粮,舂白后存放仓房,称为冬舂米。陆容《菽园杂记》卷二说:"吴中民家,计一岁食米若干石,至冬月舂白以蓄之,名冬舂米。尝疑开春务农将兴,不暇为之,及冬预为之。闻之老农云,不特为此，春气动则米芽浮起，米粒亦不坚，此时春者多碎而为粞，折耗颇多，冬月米坚，折耗少，故及冬春之。"冬春米，古已有之，范成大在《腊月村田乐府十首序》中说："腊日春米为一岁计，多聚杵臼，尽腊中毕事，藏之土瓦谷仓中，经年不坏，谓之冬春米。"《冬春行》曰："腊中储蓄百事利，第一先春年米计。群呼步碓满门庭，运杵成风雷动地。筛匀箕健无粞糠，百斛只费三日忙。齐头圆洁箭子长，隔箩辉日雪生光。土仓瓦龛分盖藏，不蠹不腐常新香。去年薄收饭不足，今年顿顿炊白玉。春耕有种夏有粮，接到明年秋刈熟。邻叟来观还叹嗟，贫人一饱不可赊。官租私债纷如麻，有米冬春能几家。"可见当时有米可春之家，也还是不多的。

吴江有吃"年常酒"风俗，弘治《吴江志》卷六记道："每岁耕牛解犁、米谷入仓之际，坊巷间效古者秋冬报社之说。刲羊宰猪，祭先祀神，以为一岁保穰之礼。事毕，则招亲拉友，笑歌欢饮，谓之年常酒。"

关于年货的记忆

迟子建

我怀念三四十年前的年……怀念那一杆杆红蜡烛,在新旧交替的时刻,像一个个红娘子,喜盈盈地站在我家的餐桌上,窗台上,水缸上,灶台上,把每一个黑暗的角落都照亮。

我对年货的记忆,是从腊月宰猪开始的。

三四十年前,大兴安岭山林小镇的人家,没有不养猪的。一般的人家是春天抓猪仔,喂上一年,不管它长多大,进了腊月门,屠夫就提着刀,上门要它们的命了。猪挨宰时嗷嗷叫着,乌鸦闻着血腥味,呀呀叫着飞来。不过好的屠夫,会让它连一滴血都尝不着。血被接到盆里,灌了血肠吃了!猪被大卸八块后,家家会敞开肚子吃顿肉,然后把余下的作为年货，存在仓房的大木箱里。怕它风干了味道不好，人们在储肉箱里撒上雪。大兴安岭不缺别的，就趁雪花，你想撒多少就撒多少。有的人家图省心，干脆把肉埋在院子的雪堆里。可是吃的时候去拿，发现肉少了！在黑夜里做强盗的不是人，而是那些会倒洞的黄鼠狼！它们有拖走东西的本事。

有了猪肉，除夕夜的肉馅饺子就有了主心骨。可光有肉还不行，那夜的餐桌上，还必须有鸡，有鱼，有豆腐，有苹果，有芹菜和葱。鸡是"吉利"，鱼是"富余"，豆腐是"福气"，苹果是"平安"，芹菜是"勤劳"，葱则是"聪明"，这些一样都不能少！过年不能吃酸菜，说是"辛酸"，白菜也不能碰，说是"白干"。

腊月宰过猪，就得宰鸡了。宰猪要请屠夫，宰鸡一般人家的女主人就能做。鸡架在霜降时，就从院子抬进了灶房，跟人一起生活了。这些过冬的鸡，基本都是母鸡，养它们是为了来年继续生蛋，而鸡架的大公鸡，不过一两只，主人留它们，是为了年夜饭，所以只能活半冬。公鸡死后，我们会把它身上漂亮的羽毛拔下来，以铜钱为垫，做鸡毛毽子，算是女孩子献给自己的年礼吧。

年三十餐桌上的鱼，通常是冻鱼，胖头鱼、鲅鱼、刀鱼之类。这是供给制时代，能够买到的鱼。做鱼不能剁掉头尾，说是"有头有尾"，年景才好。女主人的菜刀要是不慎伤及头尾，就会很慌张，担心未来的日子起波折，所以过年时的菜刀不敢磨得太快。在鱼身上，除了防菜刀，还得防猫。闻着腥的猫，两眼放光，你一不留神，大半条鱼就被它消灭了！所以很多人家的猫，这时会被关在小黑屋。人在过年，猫在受苦，它的忧伤可想而知了。

有没有吃到鲜鱼的可能呢？那得看家中男主人捕鱼的本领和运气了。在冰河凿口冰眼，下片渔网，有时能捕到葫芦籽和柳根鱼。这类鱼都不大，上不了席面。谁要是捉到鲇鱼和花翅子，那就是中了彩了！这种能镇得住除夕宴的鱼，会让从冰河回家的男主人腰杆挺直，进屋后有老婆的热脸迎着，有热酒迎着，当然，晚上吹灯后还有热炕头的缠绵迎着。只是这样走运的男人很少，绝大多数都是如我父亲一样的人，空手而回。

比起鲜鱼，豆腐就很容易获得了。我们小镇有两片豆腐房，得到豆腐除了用钱，还可用黄豆换。一般来说，换干豆腐，比水豆腐用的黄豆多。男人们扛着豆子去豆腐房时，你从他们肩上袋子的大小上，就能看出这家过年需要多少豆腐。莹白如玉的水豆腐进了家门，无非两种命运，一种切成小方块进了油锅，炸成金黄的豆腐泡，另一种则直接摆在户外的木板上，等它们冻实心了，装进布袋，随吃随取。

除夕宴上的葱，是深秋储下的。葱在我眼里是冬眠的菜蔬，它在零下三四十度的严寒中，看似冻僵了，可是进了温暖的室内，你把它扔在墙角，一夜之间，它就缓过气来，腰身变得柔软了！又过几天，它居然生出翠绿的嫩芽了，冻葱变成水灵灵的鲜葱了！至于芹菜，它也来自园田，不过它与葱不同，要是挨冻，就是真的冻死了！芹菜秋天时割下来打捆，下到户外的菜窖里。两三米深的菜窖，储藏着土豆、萝卜、大白菜等越冬蔬菜，芹菜就和它们同呼吸共命运了。不过芹菜没有它们耐性好，叶片很快萎黄，幸而它的茎，到年关时没有完全失去水分，仍然能做馅料。我小时一听大人们骂架，诅咒对方下地狱时，我就想，地下有什么可怕的，冬天时漫天飞雪，地窖却是春天呀！

年夜饭中唯一的冷盘，就是苹果了。苹果可用鲜的，也可用罐头的。我们那时更喜欢罐头的，因为它甜！这两种苹果的获得，都是在供销社，拿钱来买。除了买苹果，我们还要买烟酒糖茶、花生瓜子、油盐酱醋、冻柿子冻梨。最重要的是，买上一摞新碗新盘子，再加一把筷子，意谓添丁进口，家族兴旺。

在置办年货上，家中的每个人都会行动起来，各司其职。主妇们要去供销社扯来一块块布，求裁缝裁剪了，踏着缝纫机给一家人做新衣。腊月里猪的号叫，总是和着缝纫机的嗒嗒声。缝纫机上的活儿忙完了，她们还得蒸各色年干粮，馒头、豆包、糖三角、菜包等等。馒头这时成了爱美的小姑娘，女人们会用筷子蘸着印泥，在正中央给它点上一枚圆圆的红点，那是馒头的眉心吧。除了这些，她们还要做油炸江米条和蕉叶子，作为春节的小点心。

那些平素淘气惯了的男孩子，这时候也得规规矩矩地忙年。他们负责买鞭炮，买回后放到热炕上，让它干燥着，这样燃放起来更响亮。他们得拿起斧头，劈一堆细细的松木柈子，让除夕夜的灶火旺旺的！他们还要帮着大人竖灯笼杆，买来彩纸糊灯笼。不过在我们家，糊灯笼是我的事情。因为我是元宵节天将黑时出生的，父亲送了我一乳名"迎灯"，家人认定我的名字中有光明，糊灯笼非我莫属。不过我糊灯笼是讲条件的，那就是提前享用油炸小点心，虽然母亲不情愿，但为灯笼着想，只得依从。我给圆圆的宫灯糊上一圈红纸后，会用金黄的皱纹纸，为它铰上飘逸的穗子，粘在灯座上，让灯长出金胡子！

那时还没有印刷的春联，作为校长的父亲，因毛笔字写得好，腊月里就有很多人家求他写春联和福字。人们送来红纸，我帮着裁纸，父亲挥毫。写好一副，待墨迹干了，就把它卷起放到一边，写另外一家的。有时父亲让我编写春联，他也采纳过一副，是贴在仓房上的，记忆中我把他的小名"满仓"嵌了进去。父亲写完春联，会给我们做一盏用木座和罐头瓶子做成的灯。为了获得完美的灯罩，他得从户外捡回挂着霜雪的罐头瓶，然后飞快地将一瓢热水浇下去，这样它的底儿就会砰然脱落。当然取灯罩并不容易，有时一瓢热水下去，它整个碎了，只能弃了；有时那罐头瓶子如烈女一般，热水泼来，依然故我。父亲只得再跑回雪地中，去翻找罐头瓶子。

小年前后，我会和邻居的女孩子搭伴，进城买年画。好像女孩子天生就是为年画生的，该由我们置办。小镇离城里十几里路，腊月天通常都在零下三四十度，我们穿得厚厚的，可走到中途，手脚还是被冻麻了。我们知道生冻疮的滋味不好受，于是就奔跑。跑得快，血脉流通得就快，身上就不那么冷了。我们跑在雪地的时候，麻雀在灰白的天上也跑，也不知它们是否也去购置年画。天上的年画，该是西边天绚丽的晚霞吧！进了城里的新华书店，我们要仔细打量那一幅幅悬挂的年画，记住它们的标号，按大人的意愿来买。母亲嘱咐我，画面中带老虎的不能买，尤其是下山虎；表现英雄人物的不能买，这样的年画不喜气。她喜欢画面中有鲤鱼元宝的，有麒麟凤凰的，有鸳鸯蝴蝶的，有寿桃花卉的。而父亲喜欢古典人物图画的，像《红楼梦》《水浒传》故事的年画。母亲在家说了算，所以我买的年画，以她的审美为主，父亲的为辅。这样的年画铺展开来，就是一个理想国。

买完年画，我们会去百货商店，给自己选择头绫子、发卡、袜子、假领子，再买上几包红蜡烛和两副扑克牌。那时我们小镇还没通电，蜡烛是家里的灯神。任务完成，我们奔向百货商店对面的人民饭店，一人买一根麻花，站着吃完，趁着天亮，赶紧回返。冬天天黑得早，下午三点多，太阳就落山了。想在天黑前到家，就要紧着走。我们嘴里呼出的热气，与冷空气交融，睫毛、眉毛和刘海染上了霜雪，生生被寒风吹打成老太婆了！不过不要紧，等进了家门，烤过火，身上挂着的霜雪化了，我们的朝气又回来了！

人们为自己办年货，也为离世的亲人办年货。逝去的人，未必坟茔就在近前。所以小年一过，小镇的十字路口，会腾起团团火光。人们烧纸钱时，不忘了淋上酒，撒上香烟。年三十的饺子出锅后，盛出的头三个饺子，要供在亲人的灵位前，请他们品尝。

我小的时候，父亲和爷爷都在时，我们只在十字路口为葬在远方的奶奶烧纸。爷爷去世后，除了给奶奶买下烧纸，爷爷那里也得备一份了。等我长大成人，父亲过世了，母亲预备下的烧纸，就比往年厚了。待到十年前我爱人因车祸离世，我回故乡过年，在给爷爷和父亲上过坟后，总不忘了单独买份烧纸，在除夕前夜，在我和爱人无数次携手走过的山脚下的十字路口，为回归故土的他，遥遥送上牵挂。火光卷走了纸钱，把我留在长夜里。

　　我快五十岁了，岁月让我有了丝丝缕缕的白发，但我依然会千里迢迢，每年赶回大兴安岭过年。我们早已从山镇迁到小城，灯笼、春联都是买现成的，再不用动手制作了。我们早就享用上了电，也不用备下蜡烛了。至于贴在墙上的年画，它已成为昨日风景，难再寻觅其灿烂的容颜了。我们吃上了新鲜蔬菜，可这些来自暖棚的施用了化肥的蔬菜，总没有当年自家园田产出的储藏在地窖的蔬菜好吃。我们的生活变得越来越便利，越来越实际，可也越来越没有滋味，越来越缺乏品质！

　　我怀念三四十年前的年，怀念我拿着父亲写就的"肥猪满圈"的条幅，张贴到猪圈的围栏上时，想着猪已毙命，圈里空空荡荡，而发出的快意笑声；怀念一家人坐在热炕头打扑克时，为了解腻，从地窖捧出水灵灵的青萝卜，切开当水果吃，而那个时刻，蟋蟀在灶房的水缸旁声声叫着；怀念我亲手糊的灯笼，在除夕夜里，将我们家的小院映照得一片通红，连看门狗也被映得一身喜气；怀念腊月里母亲踏着缝纫机迷人的声响；怀念自家养的公鸡炖熟后散发的撩人的浓香；怀念那一杆杆红蜡烛，在新旧交替的时刻，像一个个红娘子,喜盈盈地站在我家的餐桌上、窗台上、水缸上、灶台上,把每一个黑暗的角落都照亮的情景!

可是这样的年,一去不复返了!在我对年货的回忆中,《牡丹亭》中那句最著名的唱词:"原来姹紫嫣红开遍,似这般都付与断井颓垣!"不止一次在我心中鸣响。好在繁华落尽,我心存有余香,光影消逝,仍有一脉烛火在记忆中跳荡,让我依然能在每年的这个时刻,在极寒之地,幻想春天!

二月二

孙爱雪

苏北人过二月二。

二月二炒蝎子爪,圆粮食囤。

炒蝎子爪不是炒昆虫的爪子,是炒黄豆。

在苏北有"二月二龙抬头,蝎子蚰蜒满床流"之说,而在二月二这天吃了蝎子爪,一整年都不会被蝎子、蚰蜒等毒虫侵扰。

炒蝎子爪先泡黄豆,要提前两天把挑拣好的黄豆放在熬好的作料水里泡上,作料有盐、花椒、大茴、小茴等。豆子入水起皱,慢慢膨大鼓胀,两碗豆子泡出半盆,一粒粒黄嫩嫩,脆生生,泡好的豆子晾在簸箕里,慢慢浸入盐味和各种作料味。

泡上豆子要去村外田地里扒沙土。炒蝎子爪一定要用沙土，从沙土里滚出来的蝎子爪才酥得纯正，香得浓厚。沙土摊晒在院子里的塑料布上，黄豆晾在簸箕里。小村里每家都在为这个古老的节日做着准备。生活需要仪式感，这小小的仪式，也郑重，也隆重。

人们要在太阳没有出来之前把泡好的豆子炒出来，凉透装口袋里走出家门，在门口、场院里、巷口、大路上，遇到人便互相赠送蝎子爪：尝尝我家的蝎子爪。对方回敬：也尝尝我家的蝎子爪。从口袋里掏出一把豆给对方，对方也回一把。人们互相品尝着，议论着，有的咸了，有的大茴味重了，有的酥，有的硬，有的炒得嫩，有的炒得老，更有的炒煳了，也就那样煳着吃，吃得津津有味。村子里各处都是咯嘣咯嘣嚼蝎子爪的声音，豆香像一缕缕烟雾，从各家屋檐下，从男人的手掌心，从女人的衣袖上、孩子的嘴巴边溢出来，弥漫在村子里，整个村子都是炒熟的豆香的香味，馥郁而浓烈。

学童是要把蝎子爪装到口袋里，带到学校里去的。这美味的零食一年才有一次，是弥足珍贵的。每一个孩子都会偷偷地塞满口袋，一路走，一路往嘴巴里塞豆粒。男生会把手里的豆粒隔空扔进嘴里，然后咯嘣一声咬碎，接着再扔一粒，一路上都是咬碎豆粒的响声。女生偏重于友谊，见了面会交换蝎子爪,而且会细水长流,慢慢在嘴里咀嚼着一粒豆,慢慢抿着豆的香,细细回味,悄悄藏起这份少年的记忆。小女孩的心思都是缜密的,往口袋里装蝎子爪时就会想到要把这驱毒虫的美味送给敬爱的老师品尝。

上二年级的时候,我们的班主任姓阎,长长的脸,有一点偏,长长的手指,伸出来像绣花女人的手指那样白细,他的身材也又长又细,站在黑板前像冬天的树影子一样单薄,而他声音却是宽厚有力,我至今记得他穿透时空的声音犹如播音员那般低沉绵长。二月二这天早上,他会搬一张椅子坐在教室的门边,教室每进一个学生,他都要说:尝尝你家的蝎子香不香。我们掏出口袋里的豆粒,丢在老师的手心里,老师握住,丢嘴里一粒,咯嘣嘣嚼着:孙大美家炒的脆,李艳玲家炒煳啦。陈二虎,你家炒的豆子没放盐啊。我们女生羞怯地听着老师的褒贬,偷偷地笑,男生给老师打报告:老师,王光良没给你蝎子爪,他从后门进来了。老师一脸的不高兴:王光良作业还不愿意交给我呢,我光给他打叉叉。王光良,口袋里蝎子爪还有不?给老师一个尝尝?王光良走到前面掏给老师蝎子爪,老师吃一粒说:王光良家的蝎子爪很酥的,好吃。阎老师吃我们的蝎子爪,我们觉到了无比的荣耀,平日严厉的老师一下子变得那么风趣可亲。

1984年作者拍摄于江苏丰县凤鸣照相馆

四年级的时候,有一个叫刘秀兰的女老师,严厉而严谨,扎两条短辫子,梳理得一丝不苟。我们女生都喜欢她,她有一间自己的宿舍,每年到吃蝎子爪的时候,她宿舍里的蝎子爪多得吃不完。每一届女生都喜欢给她送蝎子爪。女生们邀一起去给老师送蝎子爪,撕一张作业本纸,把蝎子爪包上,每人也就十几粒,细心的女生都会数一数,要多给老师一粒,宁可自己少吃一粒。我们做得认真而欢喜,推推搡搡地走到老师的宿舍,推开门,偷偷地把纸包放在

我们的节日

老师桌子上。老师没有看见是谁,我们都哄笑着跑了。一包一包的蝎子爪,包得皱皱巴巴,童心在里面如歌吟唱。刘老师把蝎子爪收了,拿到大办公室里给其他老师吃,校长也跟着吃几粒。我们再见到老师时,心里很甜蜜,像做了一件惊天动地的大事。

那时候没什么零食吃,只有到了二月二,才能吃上一年一次的蝎子爪,也便显得特别隆重。村里家家都炒蝎子爪,人人都吃蝎子爪,犹如普天同庆,吃得理所当然,吃得无所顾忌,吃得大公无私,谁吃谁的都是应该的,想吃谁的,可伸手要,可上去抓,可直接去口袋里掏,到谁家去串门,看到蝎子爪在茶桌上,自己拿了就吃,跟吃自家的一样。在学校里,同位的女生会放在一起吃,一粒一粒捏着吃,前面座位上的也会转过身,把蝎子爪加进来,一起吃。那个食物匮乏的年代,蝎子爪是最美味的零食,我们吃得津津有味,也吃出了友谊和情义,那种原始的、质朴的人与人之间的坦荡和真诚。

婚后我跟婆婆炒蝎子爪。天蒙蒙亮婆婆就起来了,她在院子里叮叮咚咚地拾掇东西。我不敢偷懒,忙起床帮忙。她已经把灶屋里的油盐酱醋、铲子、勺子、筷子、锅盖、案板一一转移到院子里。婆婆给我一条大毛巾把头捂上,让我跟她在灶下烧火。她先把晒干的沙土倒进锅里,来来回回地翻动，等把沙土烧热，才把泡好的豆子倒进沙土里，湿豆子被沙土包住，成了一个个大泥蛋，又沉又难炒。婆婆削一个像铲子似的木片，在锅里翻动，她个子矮小，半个身子探进锅里，用力地翻炒着沙土和豆子。

火烧到一定程度，锅里的沙土干了，像烧开的水，沙土在锅里开花了，豆粒从沙土里蹦出来，一个个鲜亮地在锅里蹦跳，婆婆不用木片炒拌了，她换成一个刷锅的刷把，在锅里轻轻转圈，只见沙土和豆子随着刷把飞扬起来，沙土的缝隙间吹起无数道美丽的气流，一个圆圈一个圆圈飞着往上顶，豆子在沙土里转动着，冒出噗噗的声响，犹如动听的口哨，一边嘘嘘——嘘嘘地吹，一边噘起圆溜溜的小嘴。婆婆一声不响地搅着锅里的沙土和豆子，像搅着一锅水，动作越来越轻，沙土和豆子在锅里飞起来，气流旋起细沙，如水一般喷涌而起，我看着，像看一场优美的艺术表演，我被这奇异的景象惊住。

闻到豆香溢出来时，婆婆不时捏几个豆粒放到锅台上，看看颜色，不到火候，放回锅里再炒。如此几回，直到看见豆粒变得发黄，豆腰间炸开花，估计差不多快好了。婆婆再次捏出豆粒，等豆粒凉了，她让我尝尝酥不酥。我一边烧火一边捏豆粒塞嘴里，豆粒在齿间酥脆自如，我大叫：酥了，酥了。婆婆说：马上出锅。当豆子要有煳花时，当空气中浓郁的香味带着一点点焦时，一刻也不能停顿了，慢一刻，一锅豆都会炒黑炒煳。

婆婆早准备好了出锅的竹筐，连沙土一起扒到竹筐里，这时要脚手利索，快速地出锅，快速地漏下沙土，竹筐里剩下一粒粒黄盈盈的豆粒，腰窝炸开，浓香四溢。婆婆会把滚热的豆粒倒在地下，摊开，让风吹着，慢慢凉透。

炒好蝎子爪，婆婆和我都像从沙土里钻出来一样，头上、眉毛里、鼻孔里、嘴里都是沙土，舔一下舌头，是沙土的味道，咬一咬牙，咬到沙土。

婆婆老了，她炒不动蝎子爪，再到二月二，我把泡好的豆子拿到五婶家去炒。五婶家更热闹，四婶、五婶和一群嫂子们都在合伙炒蝎子爪，嫂子们看到我端着豆去，取笑我：又来一个炒料豆子的。料豆子是炒熟喂牛的豆子，亦香。

这时我们已经不在二月二这天早上炒蝎子爪，改在前一天的下午。五婶在院子里支一张旧锅，院子里晒着一片沙土。五婶掌锅，四婶烧火，小辈的我们尝豆子啊，添一些沙土啊，拿几把柴火，说几句逗乐话，叽叽喳喳像一群麻雀，孩子们闯进来，不管谁家的豆子，抓一把就跑。我们的蝎子爪品种也多了：有甜的咸的，有带皮的花生，有不带皮的五香豆，还会有葵花籽。

圆囤是二月二必不可少的一件大事，一定要在太阳出来之前完成，不然就破了一年的好兆头。用铁锨把锅底下的草木灰掏出来，在院子里圈成一个个圆，三个圆套在一起是一个囤，囤旁边要造出梯子，粮食囤高啊，没有梯子粮食倒不进去。院子大的，至少要圆三个粮食囤，再圆两个钱囤，粮食囤中间挖一个坑，在囤里撒上五谷，预示一年里五谷丰登。钱囤里要放上钱币，一囤一囤的钱在院子，心愿在院子，人便也踏实了。

地下的人在做，天上的龙在看，二月二家家都在院子里圆囤画下期冀，期望着一年里粮食满仓，钱满囤。老人们圆好囤，会把剩余的草木灰撒到屋子周围的墙根下，以阻挡蝎子、蚰蜒等昆虫的行踪，家里人会一年平安吉利。

美好的愿望总是那么朴素，我们的先人就那样想了，也那样做了，沿袭着前辈传承下来的习俗，一代代人虔诚地做着，意念纯粹，仪式简单，而这种古老的风俗承载着的是人的最基本的生存夙愿：温饱、富裕和不受外来物种的侵害。

1941年：韩家川灯节留影

王 敏

旧时灯节

北京海淀区的西北有一座并不很高的山峰，传说是北宋时期佘太君为其子杨延昭观敌瞭阵之地，名曰望儿山。其北山坳处的小村落，传说为辽国大将韩昌驻军之地，得名韩家川。清末民初，行香走会成为北京民众的时尚，一年一度的妙峰山庙会更是香客云集。每年4月间，韩家川和北坞两村的"净道圣会"（负责清扫香道的香会组织）都要到妙峰山朝顶进香，并为香客们清扫香道。逢年过节，村中的关帝庙、观音庙等大小庙宇都热闹非凡，这张照片就是那时韩家川香会盛况的记载。

照片摄于民国三十年（1941）的正月十五，那天，走会队伍到西庙（关帝庙）拜祭，仪式结束，领祭人陈荣便策划会中成员和村民集体在西庙门口留影，西苑照相馆的师傅用镜头记录了这一瞬间。当时的村主任陈荣威望很高，村内一年中的大小节日都要由他来主持，在北部各村赫赫有名。照片中他位于前排中央，身着黑色长袍手拿会旗。学武的人说起韩家川的陈荣都要竖起大拇指，他的弟子众多，备受拥戴。

百年高跷

村中有一档高跷会，传承至今已有一百多年的历史。习练者跷功很好，又被称为"武跷"，表演以走场和摆山子（摆造型）为主要形式。照片中身着戏装的高跷会会员所摆的造型就是罗汉山。据现任会首王秀来介绍，韩家川的高跷秧歌中共有十二个角色，分别饰演头陀（带发修行的和尚）、小二哥（童子）、公子（读书人）、做作（家庭妇女）、膏药（江湖郎中）、樵夫、渔婆、渔翁、丑鼓、俊鼓、丑锣、俊锣。照片中扮装的高跷会员分别是张润芝、白瑞、张文泉、王宽、××、于同友、寇凤鸣、李桐祥、刘祥、刘万春、王玉、王海。高跷中的角色包括了士农工商、五行八作，

我们的节日　111

摄于1941年元宵节

可谓市井百态，一应俱全。

1945年，韩家川的高跷秧歌去黑龙潭求雨时，公子（张树奇饰）和膏药（于德泉饰），手拉手从三十二蹬台阶上奔跑直下，下到平地后表演"劈叉""打龙王柱"，公子回头再上三十二蹬台阶表演"请做作""逗锣""逗鼓"等，直到把剩下的角色都请到平地上来，技艺超群。

高跷中的角色有几个是女性，但在封建社会，女角儿都由男性扮演。韩家川至今还流传着一个女角儿扮演者王宽的故事。王宽饰"做作"，形、姿、神、色都和女性十分相像，人称"王小美"。日据时期，高跷会参加太舟坞庙会，一个日本军官看到了他的表演，骑马追到韩家川寻找花姑娘，王宽提前跳墙逃跑，才躲过了这一劫。

高跷又称高跷秧歌，间舞间唱。每年春节踩街时，演员们表演一段跷功之后，就要开唱，每个角色都有属于自己的唱段，照片中还健在的王海老人（1916年生），至今仍能记得当年的一些唱段。他随口给我们念了一段"八黑"："乌木桌子四角四方，张飞设宴请霸王；上桌坐着……"

十二个角色中唱曲最多的是渔翁和樵夫。照片中樵夫的扮演者于同友，2003年去世前录制了所记忆的高跷唱曲，曲目很多。现会中成员刘文录回忆他的父亲刘祥（照片中丑鼓的扮演者）时说道："我父亲会唱的比较多，不仅能唱秧歌，还能唱类似二人转这样的曲子。"其中最具代表性的就是他即兴创作的"四迈"："南蛮子家也不差，一天三顿白米饭……"传统香会在那个时代，不只是村民信仰的一种表述方式，还为大家提供了娱乐空间。

照片中的人物和他们的故事，让现在的韩家川人对旧时灯节充满了遐想。一个甲子过去了，照片中的人物多已故去，西庙也在时代的变迁中成为荒芜的庭院。但在这张老照片面前，人们仍会谈论起旧时的上元灯节、热闹的走会、欢快的锣鼓、遍地的灯花……这是韩家川人代代相传的灯节记忆。

1951年：三八节合影

张今慧

去年10月，在中国作家协会鲁迅文学院（它的前身是文化部、文联共同创办的中央文学研究所和中国作家协会文学讲习所）建院50周年庆祝活动期间，我特意从保定前来北京，想会一会几十年前的老同事、老朋友。老朋友王慧敏送给了我这张50年前的三八妇女节丁玲同志与我们文学研究所全体女学员和工作人员的合影。我非常高兴，感到非常宝贵，也感慨万端。第二排中间穿棉列宁装、戴帽子的就是我。那时我刚从部队文工团转业不久。来到文学研究所，看到有这么多写过作品的女同志，非常羡慕，很想成为她们中的一员。但是我来的时候，还没有作品，组织上就安排我到图书资料室工作。我们资料室的工作人员都非常珍惜这一难得的学习机会,凡有专家、作家们的讲座,我们都去听课。研究所的领导们也都支持我们去学习、提高。所以我们也算是文学研究所第一期的旁听生。

这是研究所成立后的第一个三八妇女节。大家来自五湖四海,相处很友好,视丁玲同志为老大姐,即便在座谈会这种比较正规的场合,说起话来也无拘无束。我记得有人正在谈恋爱,说找可靠的人不容易,光看外表不行,还得考验考验他的心眼儿;有人找对象碰了壁,很灰心,说不再找了;也有人叨叨和丈夫的矛盾,说男人不爱干家务,不管孩子,为此经常吵架。那天会上的一些具体细节,我已经记不清了。就记得丁玲同志听了大家的发言之后,既有鼓励,也有批评。她说:"咱们女同志不要对一些事情婆婆妈妈,让一些琐碎的事情缠住手脚,找对象该主动就主动,你看上了谁不一定等着人家来找你,人家不同意就重找。女同志不要有依赖思想,要自强,要有志气。男同志有什么了不起,不就比女同志多四两肉!"大家听了一通大笑。丁玲同志扭过头来问:"你们乐什么?"我们俩直笑,也不敢说。其实,伸张女权是丁玲的一贯主张,在延安发表的那篇《三八节有感》,还给她招来过麻烦。

会议结束后,丁玲说咱们女同志照个相吧。我们都很兴奋，早想和丁玲同志合影，终于有了机会。就在小会议室门口的台阶上，丁玲同志走下来，在最低的台阶席地一坐，我们依次站在后边，从照片上可以看到，作为文学研究所所长的丁玲（前排左二）和我们是多么随便，不像现在的单位负责人，凡合影必定居中，而且要一本正经。

紧挨丁玲左边的彦颖同志当年是第一期学员，曾是人民日报副刊部的记者，写过诗歌、散文。人长得秀气又很有朝气，大方而开朗。她是河北人，从文学研究所结业后，随丈夫刘德怀（也是学员、山西人）到山西，任山西文学刊物《火花》的编辑。后来又到榆次创建地区文学刊物《晋中文艺》，为培养作者甘为人梯。我知道她曾一心想搞创作，也有很多东西要写，可是没有时间。没想到，离休后她正想写东西时，却得了病，多次住院治疗，现在已经力不从心。我感觉她主要还是由于生孩子过多（和我一样，生了6个孩子），影响了身体和事业。这次见面，说到我们是同病相怜，是当年号召做"母亲英雄"的受害者；我们都曾因提过流产的要求，受到组织批评。我在党小组会上为此还作过检查。为帮助我们提高认识，党支部还特别动员我们去参观宣扬苏联"母亲英雄"事迹的展览——我清楚地记得那位苏联母亲生了15个孩子。说那15个孩子都成了专家，说我们应当向她学习，努力培养优秀的革命后代。

　　我左边的穿着中式大襟黑棉袄的是葛文大姐。她在学生时代就参加了民先组织，曾在晋察冀抗日根据地担任区委、县委的妇女干部。1946年就发表了短篇小说。她是诗人田间同志的夫人，有老干部的风度，对我们这些比她小几岁的女同志，总是处处给予关照。可中华人民共和国成立后，生活条件优越了，她反而因身体多病，发表的东西不多。这几年，她有一种要找回失去的时间的意思，笔耕不辍，写出了不少文笔很好的散文。

我右边的王慧敏和她的丈夫和谷岩都是文研所的学员，和我丈夫邢野同是部队文工团的战友。她对人热情、诚恳，学习刻苦。年轻时很漂亮，就像《霓虹灯下的哨兵》中的春妮。她努力学习写作，几十年来历尽沧桑。"文革"时和谷岩住了多年监狱，她的境遇可想而知。她退下来时是中宣部文艺处的处长，离休后发表了长篇小说《战地黄花》。

后排右边第三位是段杏绵，她曾考入戏剧学院，因为怀孕，转到了文研所成为第一期学员。她和彦颖一样同是河北人，而且都嫁给了山西人，她的丈夫、作家马烽是文研所的创办人之一。大家公认她是文研所的美人。她创作的儿童文学《抗日小学》还被选入小学课本。在文研所时我非常佩服她。认为她将来一定会是很出色的作家。可能是成功的男人背后总要有位贤内助吧，后来她一直当编辑，再没见她有什么新作品。真为她遗憾。

二排右二戴棉帽子的司仃，是陕北米脂的"婆姨"，写过长篇小说《银妮》。她总爱对我说，你们河北的姑娘都很漂亮，一个赛一个。言外之意，米脂这个出美人的地方，也该打打折扣了。其他的同志，我都很面熟，却连名字都想不起来了。照片上除了丁玲同志，我们都是二十多岁，照现在的说法，还是花季年华，都有较高的向往。

如今，我们都已步入了老年，回首往事，岁月给这些有文学追求的女同胞都留下了遗憾。

1952年：商州的儿童节大会

高 信

去年一个偶然的机会，见到商县五十六年前庆祝"六一"国际儿童节的几张照片。照片上应该有笔者十岁时形象的，但岁月弄人，现在几乎认不出来了。不过，这也无妨。因为，留存在心中的印象，还同这照片一样清晰。

商县，即古商州，千年以来都是商洛地区的政治经济文化中心。前些年，撤县建市，商县成为商洛市的一个区：商州区。名称上有了"州"，就有点历史沧桑感，商州人是很满意的，虽然把"县"改为"区"，似乎是降了级别也就无所谓了。

1952年6月1日，庆祝大会在大操场举行。大操场，在县城中心。说是大操场，是相对于小城而言，百米长，五十米宽,够得上"大"么?关键是它位居县城中心,大门面向大街,大门两边,是青砖矮墙木栅栏;大门以东,一座两层钟楼,土木结构,简陋之极,抗战年代所建,防空报警用,大铁钟一直高悬,到后来大炼钢铁,才完成了它的使命。大操场也是交易场,平日就热热闹闹,卖凉粉凉皮、包子、烙饺馒头。大热天,各有布伞撑开,遮阳避雨。卖柴草卖青菜在此,耍马戏闹花灯也在此。开庆祝解放大会、处决反革命的公判会也就在此,一年前欢送四百名商州男儿参加志愿军的大会就在这儿举行。操场中心有个简陋的戏台,全开放式,逢到开大会,或唱大戏时,挂起蓝色幕布和红色横幅会标,会开完戏唱毕,戏台上就空空荡荡。白天,任小孩子在上边跑上跑下地玩耍,夜里就成了乞丐的免费旅馆。

"六一"国际儿童节是大事,建国四年以来,一连三年都在这儿开会庆祝,虽然那时还没听到过领袖"好好学习,天天向上"的"最高指示",但爱护儿童,寄希望于孩子,重视教育的传统是一直延续未辍的。大会当日,一大早,城里几所小学的少先队员一律白上衣,蓝裤蓝帽子按班级排队,鱼贯入场(图1)。那年月,人也穷,多少孩子为了这统一服装给大人哭鼻子,大人再设法借钱买洋布,借不到,就只能改截短了的大人衣服。"再穷不能穷了孩子",

图1

在这件事上倒是落到了实处。

开会前,各学校互相拉歌,这边喊:"一完小,来一个!""一完小"是县立第一完全小学的简称,我的母校,老资格的小学。训练有素的"一完小"少先队员扬起嗓门,大大方方、整整齐齐地唱:"雄赳赳,气昂昂,跨过鸭绿江,保和平,卫祖国,就是保家乡……"那是当年最流行最时尚最激动人心的《志愿军战歌》,引起一阵阵掌声。"一完小"刚唱完,西街小学的拉歌队长站起来紧追不舍:"一完小唱得好不好?""好!""再来一个要不要?""要!""好!再唱一个,预备,起……"于是:"嘿啦啦啦啦嘿啦啦啦啦,天空出彩霞呀,地上开红花呀!中朝人民力量大,打败了美国兵呀!"如波似浪,此起彼伏,一直唱到主席台上主持人,嘴上捂个硬纸卷成的喇叭筒,挥着手扯着嗓门吼:"同学们,同学们,开会了!开会了!"

这年的"六一"儿童节庆祝大会,戏台上依然坐着县里的各位首长,也有工会妇联的领导和工商业联合会的会长。他们一字坐着,面前是拼起的几张条桌,临时铺着几条粗布床单。首长之首,是亢思逊县长,解放商县的英雄,讲话不用喇叭,慷慨激昂,先形势,后希望,大热天,人又胖,几句下来就大汗淋漓,难以为继了。刚好,下边送水的人上了台,提着个大瓦罐,抱着一摞土陶大碗,亢县长接过水碗咕咕咚咚一阵豪饮,抹抹嘴,再接着讲;志愿军家属是位老大娘,去年今日送儿子入伍。她说,她那宝贝儿子前几天写来信,说他老记着6月1号这个日子,说他在战地一看到美国鬼子炸死的朝鲜儿童,他就想哭,哭朝鲜儿童的苦难,更庆幸祖国儿童的幸福。"六一"儿童节到了,他让妈妈给家乡儿童捎话,让他们好好学习,长大了建设祖国,说他在战场上下了决心,只要有一口气,就不许敌人靠近祖国半步。大娘的话刚讲毕,下边的人就响起如涛掌声,经久不息。轮到工商联会长讲了,张会长少亭先生是民主人士，一把白胡须，社会名流。早就风光过多年的进步士绅，今日又受礼遇，难免感戴不已，在激情涌动中讲话，年岁高，音量低，讲什么，听不到，只清楚地看到和听到老先生激动的神色和临末颤颤巍巍站起来振臂高呼："毛主席万岁！"呼完，意兴未尽，接着竟呼出个"蒋委员长"，"万岁"两字还未出口，就大惊失色，不过老先生反应倒也不慢，赶紧加上"狗日的"三个字！台下的少先队员不敢笑，台上台下大人们早就哄笑起来。从此，张老先生就有了个不太雅驯的绰号："狗日的！"现在一些老人还当笑话讲。张先生20世纪60年代初去世，真也是死当其时。若是活到"文革"，这笔账就非算不可了。

会开完，是给模范少先队员颁奖。奖品也无非是一个作业本、两支铅笔。在现时，用经济社会的眼光看，是太菲薄了，算什么奖嘛！这一天的领奖少年中，也有笔者。那天，爸爸妈妈早早到会场，好不容易等到领导讲完话，再一字一句听念模范少先队员的名单，再一眼不眨地看我跑上主席台戴上大红花，领了奖，跳下台来，把奖品抱在怀里。爸妈一直站在不远处的人群里，笑着听别人议论刚才那领奖的是谁家的娃娃。那一个本子两支铅笔，保存了好久，是舍不得用的。奖颁完，是少先队员表演。表演还没开始，操场四周的观众就迫不及待地围了上来，山里老

图2

百姓，每逢如此这般的大会，到场特别踊跃。于大会本身，或许兴趣不大，就图看个热闹。尤其是孩子表演，小城人少，大都熟识，借此来看自家孩子或邻居的孩子表演，也更开心。从照片上看，连操场东边的短土墙上也骑满了人。墙后边可是一长排露天厕所，人进人出，又是盛夏，不大卫生，不大雅观罢。可观众就不管这些，你忙你的，我看我的，各不相扰！表演内容是世界人民大团结、打败美帝野心狼，那是当年的主旋律。像照片上那样，"一完小"的小学生表演《团结友爱舞》（图2），一个小队围一个圈，原地边唱边舞；中学的少先队员就演《保卫和平》（图3）。

图3

不光是少先队员表演，操场两边的民居墙上，也都挂着宣传画，临摹报刊上的，全是抗美援朝的内容。刚过上安定日子，美帝就在朝鲜燃起了战火，战火烧到中国大门口，"唇亡齿寒"这成语那年头时时都能听到。那年笔者刚刚十二岁，记得在家里找到一张四开大小的牛皮纸，自己出墙报，毛笔黑字写文章，再画上漫画，贴到自家屋里。也就在前一年，我们"一完小"的全校同学，排队唱歌步行十多里，到城西四皓墓为光荣入伍的志愿军壮行。后来听老师讲，商州子弟，有四百多名参了军，组成一个营，自商县翻过莽莽秦岭，步行二百里到西安，休整两天，开

图4

赴前线。打美帝的志愿军,在孩子们心中,崇高、英武,就是"最可爱的人",是中华好儿男。

1952年的国际儿童节能有照片保留,也得感谢当年的摄影师。其实,商县那时并没有摄影师,小照相馆也只有一家,还是河南客郭老三先生所开,就开在我家隔壁。逢到大会,郭先生就扛着折叠式三条腿大座机出了门,屁股上跟着学照相的侄子,背着哐当作响、内装玻璃底版的小皮箱。到主席台下，撑好三脚架，蒙上遮光黑布单。这几张旧照片就是郭先生的作品。可能是邻居的关系，顺便送了几张过来。经过五十六年的漫长岁月，当年最年幼的，也变成花甲老人了吧。我端详着有领奖同学的那一张，中间那文文气气的一男一女，就是学校的少先队辅导员老师，早已故世。前排领奖的同学，应该还健在吧。夜里灯下，我唤过读小学四年级的小孙儿，认认第一排六名手持奖品的孩子中，哪一个是爷爷。孙儿略一过目，就指认出爷爷是右边第一位（图4）。这倒一点儿没错，不过孙儿又加评论：爷爷好土啊！

九十年前的植树节

史耀增

这是一幅我的高中同学梁建学从他父亲手中接过来保存的照片。照片上端写着:"郃阳官绅在劝业所林场第一次举行植树典礼摄影　十三年四月"。"十三年"系民国十三年,即1924年。《辞海》载:"植树节……中国曾于1915年夏定每年夏历清明节为植树节。为纪念孙中山先生忌日,1928年将植树节改在3月12日。""郃阳"即陕西"合阳",1964年国务院更改生僻地名,改"郃"为"合"。《合阳县志》载:"民国时期,县政府先后设劝业所、建设科,管理农棉林事务"。民国十七年(1928)由合阳县采访局编纂的《合阳新志材料》载:"劝业所　民国十二年奉令设立,十五年七月,因天旱成灾,农民协会要求停办。

至十六年九月奉令成立建设局，委前劝业所长范诵芬为局长……"该书在"森林"一节中记载："前劝业所举行植树运动会后，人民渐知植树之益，在各道旁隙地时植渐广。"劝业所成立于民国十二年（1923），到民国十五年（1926）便停办了，那么《合阳新志材料》中所说的"植树运动会"是否就是这幅照片记录下来的"植树典礼"呢？照片中的"官"自然是县政府的官员，"绅"指的是各界知名人士，劝业所所长范诵芬肯定亦在其中，且会站在重要位置，可惜九十多年过去，已没有人能说得清照片中的参与者都是谁了。从照片上可以看到无论是官还是绅，都一律穿着长袍马褂，左侧的一位还戴着礼帽，这是民国时期的礼服，足见对此次典礼的重视程度，毕竟这是劝业所成立之后举行的第一次重大活动。典礼现场布置得也十分隆重，靠着土墙搭起了用柏树枝装饰的牌楼，挂着"植树节"三个大字，牌楼上除插着三面大旗之外，还呈八字形扯开两串彩旗。至于这"劝业所林场"具体在什么地方，同样没有人能说得清。只从土墙后依稀可见的一排房檐和高大的树木，可以推测这林场是利用城内的隙地开辟而成。照片后方还有四位穿短打衣服的，大约是请来帮忙干活的村民，他们都穿着没有袖子的棉背心（合阳人俗称"棉褂褂"），是为了干活时利索。1924年的清明节是公历4月5日，地处北方的合阳此时气温还较低，所以参加典礼的人还都穿着棉衣。照片前方的小树大约是在典礼上新栽下的，盘腿而坐的九位少年都穿着学生制服，把学生帽放在腿上。他们可能是第一高小的学生，也可能是成立刚刚十年的合阳中学的学生。让孩子们参加如此隆重的典礼，从小接受植树造林的教育，无疑是一件有益的事情，而让孩子与小树在一起，也许是为了体现"十年树木，百年树人"的理念吧。

（照片由梁建学提供）

老照片里的"年味"

刘善文

过年,是岁月更替的标志,是一个烙上了鲜明民族印记的节日,是一个充分展示民风民俗的橱窗。贴年画,写春联,请福字,剪窗花,放鞭炮,春节染上了喜庆的红色;买年货,穿新衣,包饺子,团圆饭,春节饱含着浓浓的亲情;逛庙会,扭秧歌,踩高跷,跑旱船,舞龙灯,耍狮子,春节充满了欢快的笑声……几千年,中国人的春节就这样有声有色、有滋有味地一路走来。

多年来,我收藏了四十多幅规格不一的反映春节习俗的黑白老照片,它像一部纪录片,忠实地记录下了中华民族传统节日——春节。每每欣赏这些老照片,一缕缕年的味道便从这些习俗中飘溢而出,萦绕在我的心头,洒下阵

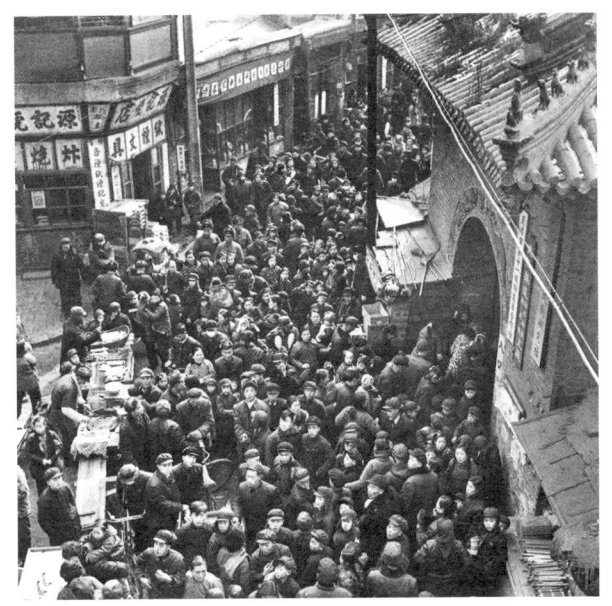

图1　1957年，天津天后宫春节庙会景象。

阵暖意。

逛庙会是过年不可缺少的活动，早期庙会仅是一种隆重的祭祀活动，现在逐渐融入集市交易活动。人们成群结队地从四面八方赶来逛庙会（图1），照片上人群川流不息，摩肩接踵，那欢歌笑语、喜气洋洋、人山人海的热闹非凡场面，像一股浩浩荡荡的春潮汹涌而来，蔚为壮观。买年货是过年的"重头戏"，《买年货》（图2）的照片上，在二十世纪五六十年代，副食品商店纷纷出动流动售货车送

我们的节日

图2　1958年春节，北京市宣武区留学路副食品商店出动流动售货车送货上门，为居民服务。

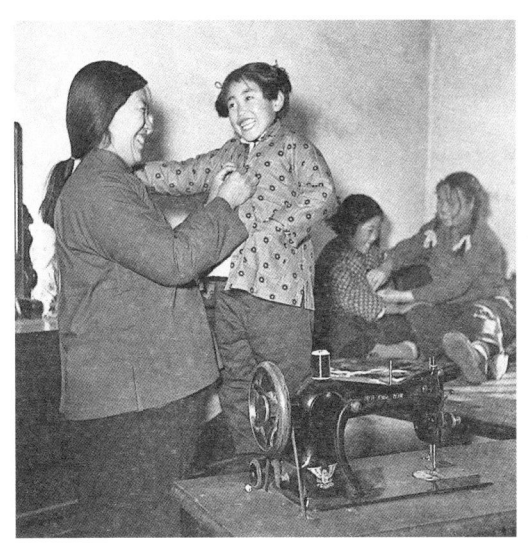

图3 1954年春节,河北省唐山解家套农业生产合作社的小女孩陈小翠正在试穿妈妈刚做好的新衣。

货上门,为民服务暖人心。货摊上水果任人选购,买卖公平,好不热闹,成为那个年代最为亮丽的一道风景。在改革开放前的"计划经济"年代,商品供应极为匮乏,实行计划供应,按人口定量发行粮、油、蛋、肉、菜、布、棉等各种票证,也是几代人抹不去的春节"苦涩的记忆"。

记得儿时,过年最期盼的事情莫过于穿上一件新衣服,而过年时最高兴的事当数放鞭炮。照片上,小姑娘正在试穿妈妈刚做的新衣(图3),母女俩脸上堆满了笑容!那

图4 1956年春节前夕，四川双流县彭镇供销合作社的流动推销小组把大批年画及文具用品送到农村。这是彭镇乡第一高级农业社的社员们正在购买年画。

种笑容，是那么甜蜜，那么开心。

"千门万户曈曈日，总把新桃换旧符"。过年时，家家户户买年画、贴对联。在广阔的农村送"文化下乡"是春节一大亮点。许多县供销合作社的流动推销小组把大批书籍、年画及文具用品送到村庄。书摊前人头攒动，财神、灶王、关帝、年年有鱼、连生贵子、五谷丰登等吉祥图案年画最受农民的欢迎，大人们还为小孩挑上几件喜爱的文具用品。（图4）《写对联》（图5）的照片，炕上放着一

图5 1960年春节,辽宁省沈阳市郊五三人民公社社员刘乃庚一家在写春联、贴年画,喜迎春节。

张方桌,一位老人和三个孙子正观看"秀才"儿子写春联。来年的美好祈愿,被饱蘸浓墨书写在红纸上,撇捺之间抑制不住喜悦之情。红红的春联贴在大门上,花花绿绿的年画贴在墙上,简陋的小屋在吉祥年画的映衬下,变得满屋生辉,年的味道也被渲染得醇厚香甜!

"有钱没钱,回家过年。"无论你是春风得意,还是有载不动的许多愁;无论你近在咫尺,还是远在千里之外,谁都阻挡不住你归家的路。也不管那个家是华堂,还是茅舍,

我们的节日

人们都匆匆赶回家，只为享受除夕夜团聚时的那份欢乐、那份亲情、那份温馨。瞧，除夕之夜，热腾腾、香喷喷的年菜摆满桌上，这一家三代人团聚在炕上围坐，老少同席，一起吃盛满醇香的团圆饭（图6），唠唠家常，谈谈工作，回顾一年来的得与失，温情四溢，其乐融融，饱含和凝聚着浓浓的亲情。

每逢新春佳节，饺子更成为必不可少的美味。年三十晚上十二点以前要包好饺子，待到半夜子时吃，这时正是农历正月初一的伊始，吃饺子取"更岁交子"之意，"子"为"子时"，交与"饺"谐音，有"喜庆团圆"和"吉祥如意"的意思。照片上全家人围着小桌子包饺子（图7），那原汁原味的馨香扑面而来。它弥漫在寒冬腊月的空气里，散发在城乡每个角落里。

过年，家家户户都悬挂大红灯笼，象征着一年的日子红红火火。大人们带着孩子挑选喜爱的小花灯（图8），小孩心里甭提多高兴。孩子们三人一伙、五人一群地每人手提各式各样的花灯，带着一份欢喜，一份炫耀，一份得意在人群里面穿梭奔跑，嬉笑打闹……孩子们的脸上都洋溢着甜甜的笑容。

春节期间，农村到处可以听到喜庆而欢快的秧歌、锣鼓、唢呐声，到处可以看到玩龙灯、舞狮子、踩高跷、跑

图6 1953年春节,天津市汉沽区芦台王德铸(左一)一家人吃团圆饭。

图7 1962年春节,北京郊区一户人家祖孙三代围着小桌子一起包饺子。

图8 1961年春节,南京市民在南京夫子庙花灯市场上选购花灯。

旱船等热闹而火红的景象。玩龙灯距今已有两千多年的历史。在古代先人用舞龙祈祷龙保佑,以求得风调雨顺,五谷丰登。它是春节期间最热闹的传统节日文化活动之一,为广大群众所喜闻乐见。一条条巨龙追逐宝球,飞腾跳跃,时而飞冲云端,时而入海破浪,蜿蜒腾挪,煞是好看。瞧,《扭秧歌》(图9)照片上老太太们腰系红红的绸子,扭起秧歌跳起舞,个个喜笑开颜,传递大家对新年美好生活的祝福和憧憬。

图9 1959年春节，北京南苑人民公社的老太太们跳起了秧歌舞。

    这浓郁的年味，从远古的风俗中走来，从大地飞歌中走来，从幸福的生活中走来，从欣喜的笑容中走来，成为中华民族一道永恒的风景，飘散在每一个人的心间，让人们永难忘怀。

裴义礼与中国的第一个植树节

孙建三

说到中国"植树节"的由来,就不能不提到裴义礼。

裴义礼1890年来中国(当时30岁),中国知识界中有人称他学贯中西,业通文理。来华之初,他就职于苏州的长老会,时为两次鸦片战争之后,鸦片大面积危害中国。心地善良的裴义礼先生认为西方列强向中国输入鸦片有悖于基督精神,奋而发起成立拒毒会,大声疾呼宣传拒毒。他的行为为西方来华洋人中与鸦片利益相关者所不满,又未得到教会支持,一气之下离开苏州教会北上寻职。他的义举为中国知识界所敬佩,不少中国人办的机构向他发出邀请。后来他接受了地处北京的京师大学堂的邀请,任师范馆英文教习。任教同时,他开始对中国古文化发生兴趣,并对中国古代文明大为赞美，对中国的感情愈深。

时值庚子之战不久，洋人逼我大举赔款，又政府腐败，水利失修，连年水灾不断，北京城里到处可见灾民乞丐，悲惨之状令人不忍。对此，裴义礼认真研究提出"减少灾民根本之法在改良农林。赈济灾民之最佳方法不是施舍，而是以工代赈，组织灾民大兴植树造林"。

他虽是一个天才的讲演、游说专家，奔走呼号之时，也许由于文化的差异，在中国听众面前，常常有些力不从心。他在心底渴望一种可以帮他吸引听众的利器。

一次他到教堂演讲，为灾民筹款募捐，正好一位美籍牧师从美国带来FILM（电影），内容是美国的教堂、教民活动和信徒募捐等。FILM在教堂中一放，群情热烈，那天募捐之多让他大出所料。他向牧师借了FILM带回师范馆放给学生看，反响热烈。他有感而叹："此为焕发人心良知之利器！"

1910年，南京三家美国人办的教会书院合并成立金陵大学，系科及学生都有增加，急缺高等数学教授，于是急邀裴义礼到金陵大学任数学教授。他到金大当月就发现"金陵大学居然也有许多'FLIM'（电影片），还有一套完好的电影机器可用"。

他刚到金陵大学不久，我国北方天灾重发，遍地灾民，

图1 1916年清明节,黄兴(前)、张謇(右边戴礼帽者),在南京紫金山麓主持中国第一个植树节。(孙熹圣摄影)

图2 参加中国第一个植树节的中外各界人士在紫金山麓留影。左四为张謇，左五为黄兴。（孙熹圣摄影）

大量北方灾民南下涌入南京。他于教书之余，通过金大学生中富家子弟，联络游说江苏、安徽两省名门士绅募捐集资，赈济灾民。

1911年，辛亥革命成功，北方天灾人祸并发，裴义礼北上，以京师优级师范为据点专事救灾，承办以工代赈工作。第二年，从美国运到金陵大学几本内容为美国推广植树和纪录水灾、毁林的影片。此时裴义礼专长赈灾的美名已远播四方。革命领导人孙中山、黄兴、张謇、唐绍仪、伍廷芳、熊希龄、宋教仁、蔡元培、施肇基等或召见，或致函，与之商讨赈灾良方。裴义礼提出："减灾之本在改良农作与植树造林，赈灾之本在以工代赈使灾民种树。"为向领导人说明植树之利与失树之害，他把金陵大学的那架电影机借来，把纪录砍伐森林、纪录洪水和种树的电影，连在一起放给领导人看，收到极好的效果。效果有二：一是上述各位联合三十位中华贤士联名具书，并人人解囊资助；二是在南京紫金山下批给官荒4000亩，供裴义礼率领灾民垦荒种植苗圃，为大规模造林建立苗木供应基地。

1913年，裴义礼放FILM给黄兴等人看。看片毕，黄兴问："FILM中文叫什么？"在场有人回答（另一说为裴义礼回答）："上海、北京、南京的许多新闻纸（报纸）上多叫影戏，南京有位学者叫孙熹圣的把它叫'电影'。"

黄兴听后说："FILM应该有一个中国名字，'电影'两个字是中国人自己叫的，我觉得合适，我建议从今以后再别叫FILM，就叫电影大家说好不好！"据孙熹圣早期的调查，最早在北京传播把FILM称电影的学者即为裴义礼。

裴义礼此举受到当时中国知识界广泛好评，各地纷纷邀请他到当地主持赈灾工作。他深感自己分身无术，觉得应当建立专门机构培养造就可指导灾民垦荒植树发展农作的专门人才，于1914年在南京金陵大学创办农科，1915年增设林科。1916年农林二科合并成立农林科，裴义礼为科长。为更好地在全中国推动植树造林，裴义礼于1915年上书当时的农商总长张謇，建议清明为全国植树节。此请

图3 黄兴（持树苗者）把一棵树苗放进坑内，裴义礼、包文铲土，三人合种一棵树。（孙熹圣摄影）

得到黄兴支持，经张謇批准并发布。此为中国"植树节"的由来。

1916年清明节，黄兴和张謇在南京紫金山麓主持了中国的第一个植树节。中国植树节的发起人裴义礼，此时正担任金陵大学农林科长，为中国的农学和林学的高等教育做开创期的耕耘。当天，金陵大学校长、美国人包文带领金陵大学农林科全体师生和全校美籍教师及家属参加植树节，包文还发动在南京工作生活的全体美国人参加植树节。

我的祖父孙熹圣于1910年开始，应邀由山东济南到南京，主持著名的汉中堂（今为莫愁路堂）。他早年毕业于山东登州文汇馆大学部，在大学上学期间，在化学课和光

图4 中国灾民和金大校长包文、裴义礼的合影。（孙熹圣摄影）

学课上学习过照相术的有关内容，从此对照相发生兴趣。1916年清明节，他在南京紫金山麓拍下一批中国第一个植树节的照片，其中包括黄兴、张謇主持植树节开植；参加植树节的全体中外人士在紫金山麓植树现场留影；黄兴手扶树苗裴义礼与金大校长包文铲土合种一树的照片；金大校长包文与中国灾民同扶一棵树苗，裴义礼、包文持铲的留影；在南京的美国人士参加植树节的留影；参加植树节全体中外人士在紫金山麓留影的大全景。

这一批照片和底片后来一直由父亲孙明经保管，1927年，父亲16岁高中毕业时，被中央研究院院长蔡元培和金陵大学校长陈裕光挑选作为"中国电影和摄影高等教育专

图 5 参加中国第一个植树节的金陵大学美籍教师及在南京的美国人士与家属,在新种树苗前留影。(孙熹圣摄影)

职教师的培养人选"。后来,父亲和母亲也拍摄了大量各类照片,1940年、1951年,前后两次父亲把祖父、祖母、自己和我母亲拍摄的数千幅各种照片的复份,交给"美国基督教大学中国托事部"保管。1952年,包括金陵大学在内的,属于美国基督教大学中国托事部管理的13所大学,为国家收为国有,美国基督教大学中国托事部从此在中国无事可做,只能迁回美国,在其回美国时将这批照片连同13所大学的档案一并带回美国。由于美国基督教大学中国托事部的纽约总部没有地方存放这批数量巨大的档案,这批档案被存进了美国耶鲁大学的图书馆档案库。"文革"中,父亲保存的大批照片和底片（两万多幅）被工宣队和造反派抄走，"文革"后找回时，底片已大部腐烂，能用的仅剩五六千幅。

这几幅照片，是从耶鲁大学图书馆档案库所存当年父亲存到美国基督教大学中国托事部的照片中扫描的。

月圆时，念老母

杨渭临

再过一年，我就六十了。

看着天上的月亮悠闲地变幻着大小和色彩，时隐时现，我百感交集。

因为，我的生日就是这中秋之夜。我出生于公历1957年（丁酉年），那年有闰八月，我是前八月十五那天月亮升起时出生的，也就是晚上九点左右吧。

此刻的我，陷入了对"生日"的无限感怀。

我是家里的长子。母亲生我时，年方二十三岁，因为有了我，便开始成为年轻的"母亲"。我们那地方有讲究，把给孩子过一岁的生日称为"捏岁"，并要设宴待客，或全家小聚，举行一些祝贺活动。这个"捏岁"很有意思，也很形象，就是说，作为孩子的我，在这一天，就可以把一年里所有的日子"捏合"起来，从此不仅有自己的生命日月，也开始有了自己的人生年岁。

转眼，我的五十九个岁月已成往事。而母亲，早在数年前，却已经成为隔世之人。人世轮回，天人之间，思之泫然，忆之驰然，情不能已。

我当然无法想象母亲在我"捏岁"的那天，是如何的兴高采烈，志得意满。但我知道，从第二年起逢儿童生日，便不再叫作"捏岁"了，而是叫作"遇妈愁"，大约是"妈妈发愁的日子"。

家乡人的智慧真是不服不行。虽然无法考证"遇妈愁"这一概念的源头所在，但这正与佛家"母难日"的意义相近却是无疑的。可是，在佛教那里，"母难"，是指母亲受难的日子，难的发音是第四声，而在我们合阳人的概念里，却还有"难过，难受，难堪"的意思，即普通话的第一声和第四声的意思全都有。

因为到了这天，无论家庭多么艰难，也不论家中有几个孩子，都要款待孩子一下，至少的至少，也要炒一个鸡蛋，让过"生日"的那个孩子挟大块的吃，剩下的由其他几个不过"生日"的孩子分食，以示祝福。

但这件事情，对于五六十年代的中国农村人来说，也是一个很"奢侈"的消费和享受。记得小时候,每到弟妹们"遇妈愁"的时候,总是有爷爷和奶奶在自家局促的灶膛里,用只剩半边的黑油勺,放在锅底的炭火底子上炒鸡蛋。用同样烧得黑焦的筷子一个劲搅,最后放上盐和葱花,不等倒入碗碟,就已经被围观的"饿狼们"连锅灰和碳渣一股脑分而食之了。

对孩子们来说,那就是节日,意犹未尽。

但对老人来说,那就是"难堪",笑中含泪。

而作为母亲,此时的心情,肯定是百味杂陈。她们心中想的,一定首先是孩子刚生下来的悲喜交加,蹒跚学步的可爱可笑,咿呀学语的忍俊不禁,初入校门的无限欢欣,也包括淘气闯祸时的动气恼火,花钱拮据时的黯然神伤。

当然,更多的,还是对孩子未来的种种想象,包括种种困难和幸福。

但这一切,似乎与我无关。因为我的生日是八月十五,在节日的那天,因为有客人要来,家里的伙食肯定好过往常,油水自然多些,谁还在乎那几筷子炒鸡蛋呢。所以每逢这个时候,我常常都会忘记自己的生日,甚至想起来也懒得提起。而每每不忘提醒我生日的,总是妈妈。

妈妈的苦心我当年体会不到,甚至觉得有些"多余",但她却总会用各种方法,让我感受到自己生日的存在。比

如在饭前让我先尝吃各种美味，或者在开饭时为我多夹几筷子好菜，或者在傍晚赏月时，拿出为我预留的好吃的，并且两眼放光似的直盯着我吃完为止。

儿童顽劣。记得每当这时，我常会东奔西跑，心不在焉，直到三番五次被众人围抓，才乖乖"就范"。而母亲这时，则对坐在我的面前，默默地看着，就这么看着。说是等着洗碗，其实在心里，她应当是在"阅读"自己的"作品"。那其中，有多少章节，多少情节，多少过往和未来的感慨与希冀，恐怕只有她自己最为清楚。

孩子的成长很快。十三岁，即第一个生肖的轮回一过，就不再过"遇妈愁"了。按照老家人说法,十三岁就应当是"全灯"了,即舅家每年正月十五和八月十五,给外甥送灯笼,至十三岁以后就不再送了。

也就是说,一个孩子到十三岁,就不再给其过"生日"了。按照老家的传统,如果再过"生日",必备三个条件:或儿女完婚,或父母仙逝,或本人年过花甲。老家人称这是过"好日子",不敢称"过寿",平民百姓称"过寿"太重,怕承受不起。

我家兄妹六人,每个人的"遇妈愁"日子,都在妈妈的记忆深处镌刻着。年复一年,月复一月,我们的日子虽然艰难,但母亲对子女的"遇妈愁"却从来没有忘过,更没有乱过。孩子们在她的心里,完全一律平等,不分彼此,每个人的"庆生",都是她爱愁交加的生命"亮点",甚至是她"唯此为大"的人生"勋章"。

随着后来的上初中、上高中、务农、上大学、娶妻生子,因为不再是大家需要呵护的对象,"生日"的概念对我来说就慢慢淡忘了,倒是妻子和孩子的生日,成为我不可忽略的关注点。

然而有一件事情,我什么时候想起来,什么时候就难受。

记得二十世纪末的一天,应该是七月底吧,弟弟出差西安，来见我，从口袋掏出五元钱郑重地交给我说："咱妈说你快'遇妈愁'了，让你自己买点好吃的。"

接过钱，我哑然无语，立即双眼模糊。

我都多大了？我的孩子都不过"遇妈愁"了！可远在家乡的老娘啊！她从来就没有忘记过自己儿子的生日呀！

在她心中，我们永远是她的孩子。

在我们心中，总以为母亲永远是那个可以给我们庇护的"年轻母亲"？回头想想，母亲也近七十岁的人了，我们何曾记得母亲的"生日"？

其实，我们兄妹也曾经想给二老过"好日子"，然而有老家人的规矩挡着。小妹出嫁以后，我们也曾商议应当给母亲过一次"好日子"，可妈的态度很坚决："你婆（即外祖母）都没有过过'好日子'，我们过什么？"遂默然作罢。

只是，从此以后，遇上二老的"好日子"，我们就买点礼品以庆贺，仅此而已。

有一年的国庆节放假，将近四十岁的我回老家小住，以省吾亲。一天，老娘让我躺在她的身边拉话。说着说着，老娘伸手摸着我的头，说："好娃呢，看把你劳成啥了，头发白了多少！过了四十看五十，你年龄也不小了。要惜爱自己的身体呀，一家人全靠你呢！"在母亲那里，头发白了也是孩子。

我的弟妹过"遇妈愁"，是否得到过老娘给的钱，我不清楚。然而我过"遇妈愁"，她老人家总有"专款"，而且由五元到十元，再到二十元，逐渐增加。每年必给，直到她驾鹤仙逝，留下我们永远的感念与遗憾。

母亲是家中的长女。外祖父外祖母养育儿女数人，最后长大成人的仅我妈与我姨，是老人的心头肉。但母亲却从来也不恃宠傲慢，养尊处优。反倒是从小持家，刚强面对一切。特别是我爷（即外祖父）去世后，她毅然辞掉在外的工作，回到家乡，与我婆相依为命，既照顾自己年幼的妹妹，又要养育我们兄妹六人。现在想起来，我都不知道当年的她，是怎样与我婆度过那些艰难的日子。要知道，当时的农村，我们全家穿的衣服，都是要靠她和我婆双手一丝一缕纺花织布，洗染剪裁的呀！更不要说一日三餐和常常"五尺撽一丈"的拮据境况。

晚年的母亲，受到过生离死别的打击与病痛的折磨。但她始终珍重生命，热爱生活，孝敬老人，诚待亲邻，严格教育自己的子女，并深深地爱着我们。

她的最大心愿，就是子女和孙辈们都有所成。她常挂在嘴边的一句话就是："你们把事干成，就把孝行了；你们把娃教育成了，就把孝行了……"

她为奶奶行孝，全村亲友都有目共睹，称赞有加。但她对于我们对她的行孝，却看得很淡。

为人之母，她做到了自己最大的努力和牺牲。遵循儒家传统观念，以慈爱为怀。

记得在物资匮乏的年代，母亲与奶奶不惜起早贪黑，挨饥忍寒，也要保证我们兄妹的衣、食、学、用。特别是逢年过节，遇集外出，行门入户，总要把我们穿戴整齐，礼物备好，以免失礼让人笑话。每年春节前，都是连着几个晚上熬到鸡鸣，要让每个娃穿上"三面新"的棉衣，而且要菜备好，礼办齐，连压岁用的新钱都换好，以欢欢喜喜地过春节。

由于过度的劳累和忧思，加上家中在历次"运动"中被冲击带来的伤害，母亲隐疾渐显，健康状况每况愈下，虽经十多年的精心治疗，她老人家仍然怀着对我们兄妹的无限牵挂，怀着对孙辈深深的爱恋，怀着难以言表的无奈，怀着将去见爷爷奶奶的善念，怀着要在星空为我们遮风挡雨的想法，过早地离开了我们，享年六十八岁……

母亲去世的时候，也正是月圆之时。

我爷为我母亲起名月华，也用"月花"之名，我常想，母亲应当就是月亮的女儿。每逢月圆，我都不禁遥望故乡的方向，遥望夜空的明月，遥望闪烁的星辰，在心中大声喊着：妈，您在哪里，娃想与您说说话啊！

尤其是在这天上月圆，地上人圆的八月十五日。

妈妈，儿子想您。您能听到吗？您怎么不回答？

一阵风吹过，我似乎听到了您熟悉的声音。

您一定是在高高的天上望着地上的一切，望着儿子，望着孙子，望着儿媳和全家大小，在窃窃私语，告诉我们您很高兴。是吗？妈妈？我听到了。

今天，八月十五。

我要面对明月，再一次告诉您：妈妈，每当我遇到困难时，我仰望星空，回想您在世时的处事方式，问题便迎刃而解。我想您是欣慰的。您会说：妈知道我娃行。

偶尔我在生活的路上欲前不能，欲退不能，几乎要"躺倒"的时候，您就"来到"了我的床前，说："你怎么这么懦弱！快起来，快去干你应干的事。你是咱家的老大，你是咱家的顶梁柱！"

我想与您说说我的苦楚，您不言语，很生气地走了。我怎么能让老娘生气呢！我怎么能让老娘失望呢？我站了起来！

每当我看着您的照片，我便有无数的话想对您说，而我又不知从何说起，一任双泪流颊。

妈，我还要告诉您（这是咱娘俩的私房话）：每当我遇到朋友的老娘或素不相识的人扶着、推着他们的老娘，我便想起了您。我知道您为我们遮烈日,您为我们挡阴雨。您无时无刻不在注视着我们,护佑着我们。我一定要做好每一件事,快乐度过每一天,让老娘少操心,让老娘高兴。

远处,传来悠扬的歌声,那是苏东坡的《水调歌头》——月有阴晴圆缺,人有悲欢离合,此事古难全。

过　年

盖　生

小时候,过年是最令人神往的,一到腊月,就进入盼年的倒计时阶段。我和妹妹每天早晨醒来时必然发出同一声欢呼:"离过年还有××天啦。"接着,妹妹就开始每天一次的课文朗诵:"二十七,杀公鸡;二十八,把面发;二十九,煮猪肘;三十,大米干饭炖小鱼……"

关于过年的期待的童谣还不止这些,再如:"小孩小孩你别馋,过了腊八就是年;小孩小孩你别哭,过了腊八就杀猪。"一般而言,过了小年,大人开始忙碌起来,扫房、擦门窗、糊棚、刷墙、淘黄米、压年糕面、发面、煮豆馅、刨猪肉等等。一到二十九,准备工作基本就绪,爸爸劳累了一年,终于放几天假,他拿出心爱的毛笔,开始写对联、福字什么的。一到这时,冷清一年的我家,就开始热闹了。别看平时很多人都和我家划清界限,但由于全村没几个人识字的,就只好都厚着脸皮拿几张红纸乐哈哈地来了。爸爸的行草写得非常潇洒飘逸,这也是他一年中最受全村人尊重的时刻。爸爸好像也是平衡一年所受的屈辱,总是热情接待,有求必应。一阵刷刷点点,笔走龙蛇,一副自编的对联就写好了。字里行间,洋溢着对时局变化的期盼。爸爸是个学识广博的人,虽然他是学土木工程建筑的,但国学功底很厚,几乎没有对联是重复的。后来实在忙不开,就叫上学不久的大哥参与这神圣的工作。一到这时,我们也欢儿起来了,都穿上新拆洗过的衣服,拿着爆竹,屋里屋外来回地跑着、喊着、放着。这时候大人也格外兴奋和宽容,只要不作大祸,一般是不会挨骂的。妈妈说:"过年啦,连小鬼都放三天假,不骂你们啦,叫你们在下一年捞个好运气。"

除夕晚上,点上平时因费油而舍不得用的有玻璃罩的煤油灯,刚贴上的大红对联、福字,五颜六色的挂钱,在灯光下显得格外红火、热闹。刷过油的窗纸,妈妈贴上刚剪完的窗花,有小牛、小羊、小马、小鸡、小人什么的,可好看啦。墙上贴上年画,天棚正中间粘上用红纸剪的大鱼(取年年有余之意)。全家人团团围坐在烧得很热的炕上,一边闲话,一边包饺子。然后,爸爸盘腿坐在炕头,喝着糊米水(因没茶,所以把米炒糊代茶煮,多少有点像咖啡的味道),这是他唯一保留下来的文人嗜好。我们有的坐在他身上,有的倚在他腿上,围着他,听他开始一年一度的谈古论今。爸爸阅历丰富,知识广博,记忆准确,语言风趣,而且有很强的想象力,所以这是我们一年中最开心、最幸福的时刻。往往,他从荆轲刺秦讲到西安事变,从鲁迅的《阿Q正传》讲到果戈理的《钦差大臣》,无论是正史典籍、文坛掌故,还是名人趣事、野老轶事,他都随意拈来,纵谈开去。直到我上大学,才真正认识到爸爸信口谈论这一切是多么珍贵,有的甚至至今都是难得的历史资料。

晚上八九点钟,爸爸率领我们去接神,当地人都有过年供祖先的风俗。作为知识分子的爸爸之所以把这事儿做得很庄严、真诚,似乎出于这两个原因,一是入乡随俗,二是身处逆境的人往往容易把希望寄托于冥冥之中的某种神秘力量。但接神的过程十分简单,无非是提着灯笼,来到村外无人的十字路口,对着祖坟的方向,先烧点儿冥钞,然后仰头向天对一个个已故的先人发出真挚的邀请,最后提着灯笼回家。到家后从长到幼的男丁依次给已摆上供品的叠成碑形的祖先灵位叩头。午夜时分,开始"发纸",也就是在院子中间点一堆火,然后放爆竹,接着就吃饺子。

一年没见油腥了,这顿饺子肉放的特别多,几乎每次我都会"伤食"。睡觉时,为尊重祖先,大家都不脱衣服,把灯燃到最小,但并不吹灭。我对祖先的灵位一直感到很新奇,总是不时向那看,当然,什么也没看见。

天亮起来一看,个个的鼻孔被油烟熏黑了。吃过早饭,和别的同伴,到一些亲戚家拜年,给长辈叩头,当然也能收到诸如瓜子甚至糖块之类的好东西。

随着初三的送神,家里的伙食开始下降,我感到很失望,盼了一年的年就这样结束了。

随着年龄的增长,生活水平的不断提高,对过年的兴趣越来越淡漠,有时,甚至感觉不到过年的气息。因为吃、穿、用对于现在的独生子女来讲,随时都可以获得满足的,所以,过年就再也不是件令人神往的事情了。

版画上的节日

冯 杰

腊八,是春节的引子

春节在我们北中原不叫过春节,而是叫"过年"或者"年歇"。后一个词语显得更有趣味,"一年要歇息了"。"年"也会累吗?

"年"在走动。

腊八一到,像是春节的引子。这天姥姥煮好黏稠的腊八粥,满满盛在碗里,让我往院子里的枣树上涂抹,喂枣树,姥姥说吃了米饭的枣树明年就会多结枣。

大铁锅里冒着热气,熬的腊八粥一共八样原料:枣、小米、绿豆、豇豆、豌豆、黄豆、红薯、红萝卜。像是"彩粥"。是我童年版的八宝饭。

灶王爷坐在龛上，暗笑

腊月二十三是"小年"，姥爷在集市上买来"祭灶糖"。是乡村作坊用麦芽熬成糖稀做成的糖。形状是"8"字，或"1"字。"8"字形的咬一口，肯定就是"6"字。

姥爷说："芝麻糖要让灶王爷先吃，过后你再吃。"

后来我从没有在芝麻糖上看到灶王爷的牙印，灶王爷真好。

灶王龛设在厨房北墙或西墙，木版画上的灶王爷、灶王奶夫妇二人端坐，上书字是"灶君司命"，两面小对联是"上天言好事，下界保平安"。灶王爷长得是个小白脸，八字胡，近似现在的明星，于是有的村里就"男不拜月，女不祭灶"。

这一天灶王爷要升天，去给玉皇大帝汇报全年工作，再领取新精神，等一个礼拜后的大年三十晚上，灶王爷会带领一众诸神，重新光复而来，随手将新年应得的命运交付于人间。因此，灶王爷对全村每一家人来说利害重大。

烧纸马时就听到姥爷虔诚祷告："今年又到二十三，敬送灶君上西天。有壮马，有草料，一路顺风平安到。供麻糖，香又甜，请对玉皇进好言。"

后来，姥姥悄悄告诉我，芝麻糖的功能主要是要粘住灶王爷的嘴，让他上天不能胡说，不乱讲人间坏话。

四十年后想起来，这有点像我们今天基层对待上级工作检查组的态度。

那时，灶王爷端坐在龛上，暗笑。

春联的旧事

我记事时，全村的春联似乎都由我姥爷一人来写，我在一边帮忙。裁纸、理纸。我家小院子来一批人，走一批。人们走的时候，会把我姥爷写好的那些门对用秫秸秆夹着，举起来行走，以示对文化的敬重。

都忙完别人家的春联，姥姥恍然才想到我家的春联还没有写，就埋怨姥爷。于是我重新理纸。

我姥爷经常写的一副春联是"虎行雪地梅花五，鹤立霜田竹叶三"。还有"春前有雨花开早，秋后无霜叶落迟"，横批是"五谷丰登""满园春光"。有一种窄窄的"春条"，上面多写"出门见喜"，水瓮上要写"清水满缸"，马棚里会写上"槽头兴旺""六畜兴旺"。大树上也要写"根深叶茂"。乡下的春节，故园每一草木、动物都有贴春联分享快乐的权利，要一起来度过生命的又一年轮。

村里一位五大伯是文盲，不识字，这一年贴春联时，把"槽头兴旺"贴到了门口。成了全村一年的笑柄。五大伯后来说："再穷，也得让孩子上学识字。"

除了写春联，我姥爷最擅长的就是画"福禄寿三星"斗方。一个寿星拄杖，且是一笔下来，组成"福禄寿"三字结合的一个斗方。这小斗方是春节里许多人家求要的墨宝。年年都由姥爷来写，我以为姥爷会永远写下去。姥爷去世后，小斗方终于失传。全村没有一个人会写，可惜我也没有学会。

四十年后，我在昔日的那座童年的老屋，无意中找到姥爷当年写的一对"门心"，早让虫子都阅读了，上面的文字是："丰年三尺雪""春信一枝梅"。

老屋的青砖灰瓦不语。昔人不在，旧物依存。褪色的红纸上一片斑驳，那些字穿越了时间，穿越了风雨，穿越了亲情，来到现在，几乎要让我泪流满面。

双眼皮·木版年画

我姥爷在乡村还卖过年画。都是背着年画步行十里八里，在乡村赶会赶集。

北中原的年画有坐船来的，自黄河对岸开封朱仙镇，也有来自滑县本土年画作坊的。

两种版画有个区分的特点：开封朱仙镇版画灶王爷双眼皮在上，我们滑县本土作坊版画灶王爷双眼皮在下。每到年前在乡村集会上，一条街道都是红，两边站满张飞、关羽、岳云、牛皋。一个个舞枪弄刀，执锏挥锤。

风一吹，门神摇晃，紧跟着我的鼻涕要流下来。

贴年画讲究，需要细心。配房、厨房多是一扇单门，可贴一位门神，堂屋是两扇对门，就要贴左右两位。门神必须要贴成对脸门神，这样它们才能克尽职守，把守大门。有一年我不小心，弄成了反贴门神，面浆太多，一时又揭不下来。

冷，哈哈手。还是揭不下来。

秦琼、敬德只好背对背，后脑勺对后脑勺，黑着脸，俩人一年都不说话。

"神之格思"四字是木版画上常见的横批。

开元通宝·还有副本

除夕晚上要"熬年"，要煮饺子，一锅里还要有一个另类饺子，里面要包一枚铜钱，谁吃到一年都会有福。大人们都希望让小孩子吃到，是一种很庄重认真的乡村游戏。

北中原乡下包饺子分"花皮""平皮"两种。我跟姥姥学会包折叠的"花皮"饺子，并一生引以为豪。我后来看到过西安的饺子宴，古长安人更是花样出新。但它们离我的乡村之宴一片遥远。

姥姥把那枚有铜钱饺子盛到我碗里。第一口就硌住牙，我叫一声"我吃到了！"吐出来，是一枚唐代的"开元通宝"，竟还有副本：一枚早该褪落掉的大牙。

牌位上的先人

供养祖宗先人才是春节的一件要事。先把牌位供上，摆上两荤两素，点燃两炷香。再摆一蒲团，供亲人来时磕头。

有一年，平时挂的一幅祖宗轴谱上牌位不够用，需要一幅大的。葛村集上张画匠一手好笔墨，但制一幅要四块钱，姥爷舍不得，姥爷就让我来画。那时我是"少年画家"。

许多年之后我也人到中年，有一次回家，从墙上取下那幅祖宗轴谱，徐徐展开，我看到上面有仙鹤、松树、灵芝、烛台，青山中静静立着的祖宗牌位。这是我十来岁时在北中原乡村画的。那一天，没有画布，就买了一张厚纸，在灯光下，调色，理纸，一管羊毫恭敬虔诚地探入遥远的青山。

横批"永言孝思"。上联"欲父母似彭祖八百高寿"，下联"愿兄弟如张公九世同居",都是人间的梦啊!

那个烛光四射的乡村冬夜,结构温馨,内容平常。姥爷在一边看着,指导着花草树木的布局以及应该如何与先人对语。现在,我姥爷姥姥也都走上了牌位,占了两行小楷的位置,由我写上去的。除了墨香,除了思念,还挂着感伤。

"新桃换舅父"

大年初一,开门第一件事就是放鞭炮。有人为了在全村博得第一声炮响,想弄成"武昌起义"第一枪,没等喝完除夕酒,放下酒杯就开始点第一把鞭炮。于是,在一张荷叶般大小的村子里,新年在爆竹声里降临。那一刻,贫朴的小村夜空里没有一丝叹息。

爆竹是一种象征。星星点点,都是散落的幸福之光。

我在乡村学校上学,上初中时语文考试,有一道默写题就是王安石关于春节的《元日》:"爆竹声中一岁除,春风送暖入屠苏。千门万户曈曈日,总把新桃换旧符。"

同桌一位女生不会写,偷偷要我下面传题。后来却又埋怨我是故意说错于她。天哪,由灶王爷作证,这真是冤枉了我。讨好还来不及呢!她有两颗好看的虎牙。

再后来,看到她试卷上根据我的口传而写的试题,我就笑了，她把最后一句抄成了"总把新桃换舅父"。难怪老师也六亲不认。

给大人们磕头

拉过鞭炮之后，鸡的时钟表都扰乱了，天还是灰蒙蒙的。我们开始在村里各家各户串门，给村里的大人们磕头，讨要核桃。

磕头必须给核桃，这是乡村春节规矩。我们那里不兴"磕空头"。

有的人家穷，买不起核桃，但辈分高，又要应付大年初一络绎不绝鲫鱼般穿梭的晚生们，来不及时，就用那些有皮无核的山枣充替，我们那里都叫"山核桃"。山核桃不能吃，更多是应付我们这些贪婪的孩子。这样就留下话柄。大家第二年会绕过这一家，不再去给磕头。

主人急忙又换上核桃。

一个小村磕完头，这时天才刚亮。在一座小村的街道里跑起来，裤兜里的核桃哗啦哗啦响，有遗落青砖道上的声音，像偌大一个节日在乡下高兴地磕牙。

是一年里难得的悦耳之声。

年味·腊酒

傅 菲

喝完腊八粥,侄子来电话,说,黄豆已经浸了一天,奶奶预备做年豆腐了,等你回来吃年豆腐呢。我说,我明早就回去。我的孩子问我,什么是年豆腐呀,是不是做年豆腐是一件很隆重的事情呀?我说,那当然,年豆腐就是油炸豆腐,做了年豆腐,意味着年关已经到了。

我是很喜欢吃油炸豆腐的,用茶油炸,吃起来满口油香,酥爽,煮白菜文肉,做火锅,都很好吃。记得小时候,做年豆腐,母亲天蒙蒙亮起床了,从河埠头提两桶水,把灶膛烧旺,磨好的豆浆汁倒进铁锅里,旺火煮。田野里,白霜茫茫,草尖上的露水凝结成冰花。台阶上,霜迹厚重,芽霄倒莉一样长出来,白得透明,把蚂蚁和甲壳虫也冰冻在里面。我坐在灶膛下，负责添柴烧火。豆腐要做七八箱，用石头压在箱盖上，把水分挤压出来。黄昏了，豆腐出箱，直刀切小块，放在油锅里炸。豆腐下锅，水汽噗呲呲的冒，油气和水汽在梁上萦绕。豆腐翻滚，转黄，火旺旺地烧，劈柴噼噼啪啪地响，豆腐浮上来，金黄如栗，可以捞上来，撒一把盐，存放在土瓮里。母亲在灶神下摆一碗，在香火桌上摆一碗，算是告诉先人，一年终了，年已近，家人安康，事事顺意，望来年风调雨顺。

在饶北河流域，作为一个平凡的人家，过好一个年是一件紧要的事。要把年过好，要做五件事：蒸粉丝，炸年豆腐，杀年猪，撮圆圆粿，做腊酒。炸了油豆腐，大寒已至。大寒是冬天的最后一个节气，也是一年最后一个节气。寒气至极，阳气已生，温暖的春天踏出嗒嗒的脚步声，雨水日渐淅沥。肥肥的年猪，被赶出圈栏……杀年猪，有一餐杀猪饭，请好友，请乡邻，请舅亲，满满的三四桌，籴汤肉、粉蒸肉、炒肉、红烧肉，各式的肉制菜式，摆满了桌，喝酒行拳，不热闹无以体现盛意。既是庆贺一年的完满生活，也是感谢乡邻亲友的拳拳关爱。忙了一年，也该歇歇了，收收账，喝喝茶，也没什么可劳累的了。

杀年猪后的几天，母亲更是忙得手脚不停。她提一个大竹篮，扒开尚未融化的雪，拔白萝卜、红萝卜，洗净，在大木盘里,和香菇、目鱼、薯粉,佐以食盐、酱料,剁成萝卜泥,搓成半拳大的团,下蒸笼蒸,蒸两块劈柴火的时间,团子熟了,放在团席上晾。团子叫圆圆粿,也叫团圆粿,是年饭必备之菜。粉丝在小寒前开蒸压榨了。粉丝是红薯粉丝。自家的红薯淘洗干净,磨浆过滤,沉淀两日,把红薯粉晒干,隆冬来临,把薯粉调浆,在蒸笼里,一圈一圈地添加,熟一层添加一圈。刨粉丝的师傅,腰扎布围裙,把蒸熟的薯粉压榨起来,分割,在木架上刨。粉丝一绺一绺地从刨子里溜出来,再用粽叶丝绑起来,一束一束的,晾晒几日,收瓮。

小寒是冬天最冷的时节。从冬至数至三九,恰是小寒。小寒到,蜡梅开,雁北飞,乌鹊开始筑巢,野鸡窝在草蓬堆里开始孵小仔仔,门口的山茶花次第翻卷开花苞,滚圆滚圆的花像杯盏,钵里的水仙伸起慵蜷的腰肢,把淡白淡黄的花冠举起来。天越冷,腊酒越甘甜。腊酒就是米酒。把上好的糯米泡半天,在饭甑里蒸熟,调了酒曲在酒缸里压实,盖严木盖,用棉絮焐十天半个月,酒酿冒泡泡,米酒汁分泌出来了。围着火炉,喝一碗腊酒,暖烘烘的,也是寒冬的圣境。

我接了侄子的电话,连忙去超市买东西。母亲年近八十了,平时客人就多,过年了,来看她的人会更多。我买瓜子、酒、水果，也买布鞋、棉袄、牙膏、牙刷。去药店，买眼药膏、止咳药和人参。过年，我是哪儿也不去的，就在父母身边。我恪守"父母在，不远游"。离过年还有几天，我得先回家一趟，把东西带回去，陪父母住两天。也得陪父母拔萝卜，泡冬菜。还得去小镇一趟，买年画、蜡烛、炮仗、灯笼，买一个酒瓮给父亲储酒，买一个土瓮腌制咸肉。到了家，我闻到米酒香了。母亲正在热锡壶里的米酒，蒸汽从南瓜蒂一样的壶嘴里噗噗地冒出来。每年，母亲都做很多米酒，两大酒缸，用锡壶泡蛋花热起来吃。只有年关了，才有这样的米酒喝。喝一碗，全身通畅，火烘一样暖身。母亲说，骢骢还没放假吗？不然带她一起回来，骢骢睡的床早早备好了，被褥晒了，多铺了一条毛毯，暖暖的。我说，过两天，领了成绩单再回来。骢骢十四岁了，还没放假，便叨念着是不是回奶奶那儿过年。

这两天，街上每天晚上，都有烟花嘭嘭嘭，绚丽地绽放，七彩的瞬间花朵在夜晚显得多姿生动。年近了，街上的喜事是不会断的，一家接一家，一街连一街。我闻到了饶北河上游漂荡而来的年味，带着淳朴的山野气息，荡漾着茶油的滚热油香，白白的蒸汽水雾一样扑腾，田野里青翠的菜蔬还积着不多的雪，墨绿褐黄的山梁绵绵。我翻开台历，把回家过年的日子圈出来。浓郁的年味，细密的雨珠一样，洒满了我的屋顶，我的院子。像是一声声催促，更像是一声声召唤，回家过年吧，回家过年吧。仿佛是一杯岩茶，不是乡愁，而是乡情。母亲居住的屋子，是家；母亲生活的地方，是家园。

母亲爱吃香梨和赣南脐橙，我是年年都要带回去的。果品市场车水马龙。卖水果的人，忙得连搭话的间隙也没有。一张笑脸迎客人，算是招呼了。我搬起水果往车厢放。爱人说："你怎么也不还一下价啊。"我说："再还几次价，车都出不了街了。"街上都是车和人。街树上，已经挂满了红灯笼。灯笼在风中摇啊摇，像招手：要回乡的人，快回乡吧。母亲常年肺热，干咳厉害，眼睛干涩。眼药水和虫草，我是必备的。我问爱人："母亲要的东西都预备了吗？"爱人看看我，说："不用先生劳心，早半个月备好。"我又唠叨："山茶油带上了？母亲烧出的菜饭，山茶油可不能缺。"爱人又从打包里翻出衣物，说："三个嫂子一人一件棉袄，每个小孩一人一双鞋子，爸爸有酒有烟，妈妈有全身新衣袄，三个哥哥也有皮鞋，这些都是在白鸥园买的，花了半天时间，脚都走肿了。"女儿骢骢也说："我也准备了礼物呢。"女儿拿出一张画："我可画了一个晚上，作业都搁下了。"

我从不离开母亲过年。"父母在，不远游。"我秉承这个古训。母亲不冀望我带什么，看到我，看到我妻小，比什么都高兴。八十高寿的人，她高兴，比什么滋补品都好。没有重要的客人，我为母亲烧饭。洗菜、切菜、配菜、上菜，我一个人干。可母亲不放心，站在火灶旁，看着我烧。我下盐了，母亲提醒：别多了。我下辣椒粉末了，她提醒：不要太辣，孩子受不了。我烧菜不下调味品，母亲又提示：菜是大家吃的，不能按你一个人的口味烧，适当的调味品要放一些。她拿起调味勺，拈一些鸡精下锅。我也是烧了二十几年饭菜的人，可怎么烧，都不如母亲手艺。

除夕之夜，母亲下厨。二十多道菜，有炆的，有煮的，有炒的，有煎的，有炸的，有凉拌菜也有火锅菜。从早上便开始备菜，杀鸡宰鸭，拔毛剁骨。腊酒在火炉里噗噗冒泡。炊烟在村子里，一整天都在环绕。白白的炊烟，淡淡的清雾，在山边交融。

黄昏还没来临，巷子里已肉香浓郁。孩子们在零星地放炮仗，砰，砰，砰。放了几个炮仗，又去骑自行车玩。自行车在田野的便道上，穿来穿去。淡绿的油菜秧苗，绿褐的蚕豆秧苗，疏疏淡淡，使田野看起来，多了几分春意。

巷子里，人稀了，渐渐没了脚步声。暮色降临，屋檐的红灯笼完全亮了起来。锡壶再也按捺不住腊酒的香气，随蒸汽一起，扩散了整个屋子。祭祖开始。屋子里只有电视低音量的声音。

鞭炮声,焰火炸裂声,此起彼伏。

母亲把大门关上,我们上桌吃饭。一家人彼此祝福。坐在母亲身边,吃一餐年夜饭,喝一碗甘甜清冽的腊酒,还有什么比这更幸福的事情呢?

火把烧

甫跃辉

有时从冬天就得开始准备。冬天是云南的干季,天干物燥,雨水极少,天蓝得像一片深邃的水,水里恍若有丝丝暗影。通往山里的路积满浮土,一脚踩下,扑突一声,土灰飞起,久久不落。沿路朝深山里走,两侧的羊草果树(桉树)挺立着,顶上刀形的叶子切割开干燥的蓝色空气。更多的树是云南松。站定了听,呼呼呼呼——这片松林呼应着那片松林,这座山呼应着那座山。风从哪儿吹来,又要吹到哪儿去?此时若回头朝山下眺望,只见无数树梢在俯仰。风声衬托出巨大的寂静,山下的村子在这寂静里显得缥缈又迢遥。

光在山路里走,只会一无所获,须得深入到树林里。

小时候上山,我常和奶奶一起。一年四季,无非是采茶、挖药、找菌子、摘黄果儿,冬天却不适合这其中任何一项。除了松树羊草果树等绿着,地上的草和灌木大多枯黄了。这时节上山,奶奶是要找柴火,我一面帮着找柴火,一面正要寻觅火把节必需的松香。松香不在松树干上,是在松树根部。黄白色的,小拇指头大的一颗一颗窝在一块儿,好似松树下的蛋,多的话能有一大碗呢。这种松香是干燥了的,中间夹杂些枯干的松毛,闻一闻,一股苦涩的山林气息。这样的好运气当然不会总有。不少时候,捡到的松香是黏糊的,还没干透呢,且粘了泥土和青苔。有人说这样的更容易燃烧,我却总不大喜欢,但也管不得这许多了。

松香拿回家后,得再晒上几天,等完全干透了,找个木棍或瓦片,把松香碾成粉末,最后放进方便袋里备用。如此,算是完成第一项准备工作了。

第二项更重要的准备工作就要开始了。那是什么?当然是扎火把。

我们总想着,火把要扎得很粗,至少小臂粗,最好小腿粗,更好的当然是有大腿那么粗了。我妈看我们把火把越扎越粗,给个白眼,说都有中柱粗了!

火把还要扎得长。所以不能用松柴,松柴硬脆,扎长不易;竹篾柔软,才有长的可能。竹篾哪儿来呢?自然得从我妈那儿弄。我妈靠破篾子编毯笆贴补家用。破篾子会得来很多下脚料，下脚料会被我妈晒干了当柴火。我们就从这些下脚料里拿——当然是偷偷地拿。但总会被发现的，发现时，竹篾已经被我们扎成火把了——不记得我妈有没有过把火把重新拆成柴火的"劣迹"，大概是有的吧？因为我总记得，火把是要小心翼翼保护着的。晴天了晒出去，雨天了收进来，一天一天，火把表面的竹篾干燥得卷曲了，中间填进去的松果干燥得豁开了嘴，顶端夹着的松毛干燥得仿佛自己会烧着。

干季过去，雨季来临了。

云南的雨是说来就来的，忽然之间，乌云漫卷，大风呼啸，树木低俯，飞沙走石，雨哗啦啦倾盆直下。看大院子对面堂哥家的屋顶，焦渴多日的瓦片腾起一片青烟。雨水顺着瓦沟咕咚咕咚往下灌，瓦沟底下支了盆、支了桶、支了钵头，叮咚叮咚，夏天的音乐开始了。

不消几场雨，各种野花便争先从土地里挣扎出，大院子里可以见到牛筋草、车前草、马唐、鸭跖草、灰灰菜、鬼针草、龙葵、通泉草、泽漆、狗尾巴草、红蓼、益母草、何首乌、野燕麦、蛇莓……最多的要数马齿苋，院子快被马齿苋织就的地毯铺满了。大雨一停歇，绿的更绿了，开花的哪怕再平凡也会多几分亮丽。炽烈的太阳光里，混杂着土腥味的湿漉漉的空气里，飞来了蜻蜓、蝴蝶、蜜蜂，当然，也免不了苍蝇和蚊子。它们嗡嗡嘤嘤，济济一堂。夏天的音乐更盛大了。

这些植物名是我后来慢慢知道的，就像我很后来才知道，紫薇原来就是我们说的火把花。火把花是这时节最令人注目的植物了。在我家的自留地边，挨着水沟的地方，就有一大株。平日里是不会注意到它的存在的，夏天一到，恍惚一夜之间，它忽地开满了一树。红红的粉粉的，蓬蓬勃勃的，火把一样燃烧着。

火把花一开，火把节是真要到来了。

阴历六月二十五这天（不少地方是六月二十四），最怕的就是下雨。可千万别下雨啊！孩子们祈祷着。只要有太阳，总还是要把火把再晒一晒的，也要晒一晒松香。余下的时间，就是等待。时间变得如此磨人，钝刀子割肉一般。夏日漫长，太阳迟迟不落。施甸的太阳落下，要到八点以后了。我们迫不及待，又极力克制着。等堂哥们高举火把出门了，我们这才带上松香，拿出火把，将火把头压低，点着了顶端的松毛。小小的火苗迅速蔓延，竹篾噼噼啪啪烧着了。我们忙举起火把。爸妈喊，放低些放低些，不要烧到房子！只好稍稍放低火把，心有不甘的，昂首朝门外跑。——许多年后，想起这个场景，似乎可以听见一粒火光射进黑夜腹地那剧烈的声响。但只一瞬间,连同我们的呼喊、心跳,全给黑夜吞噬了。

慢慢地,火把才从这浓稠的夜色里挣扎出来。

火把刚刚压低了又忙忙抬起,快烧到房檐了,又慌慌地压低一些。火星迸溅,灼伤黑夜的皮肤;火把碰撞,一个人遇见另一个人。聚在一起的光和热,走出村子奔向旷野。水稻、毛豆、玉米长势正旺,浓墨重彩的绿色湖泊里,蚊声煊赫如雷鸣。蚊子军团朝我们身上撞击,朝火光里冲杀。刺啦刺啦,蚊子的焦味儿刺激着我们的鼻子。野地里不再有易燃的东西,我们放肆地挥舞着火把,火光一圈一圈地纠缠着我们。接连朝火光里扔进一把一把松香粉,轰一声,又轰一声,火焰骤然升高又急速塌缩,黑夜如同黏稠的糖浆,伸缩不尽,绵长久远。星空底下,我们的大呼小叫,呼应着火焰的赫赫欢笑。

   火把火把甩甩,谷子结成拽拽;火把火把甩甩,蚊子屹蚤嘴歪……

咒语一般念叨着。似乎丰收可期,似乎蚊子真可以被吓退。

汉村在东山脚下,抬头望去,远远近近,村头村尾,东山山寨，西山半腰，一点一点火把连缀着，成一条线，成一片锦，直要烧到天上去。我时常想，这时候爬到山顶朝下望，望见的施甸坝子会是怎样一幅图景？后来看电视剧《三国演义》里火烧赤壁，忽然想，哎，就应该是这样的啊！

火把渐渐短了。不得不往家里走，火把头不得不压低了再压低。许多大人站在路边，两眼盯牢我们，谨防我们身体的小小野兽忽然蹿出，高举火把奔向自由……大概是为了进一步拘禁住我们手里的火，大人们才会想出这最后一个节目来。

这是火把节最后的仪式，我们常舍不得把手里剩下的一小截火把投入火堆，但惋惜归惋惜，我们终将孤注一掷，让属于火的终归于火。最后一点儿松香粉扔进火堆后，火堆轰然巨响，四周明如白昼。这最后的火光映照着孩子们的脸也映照着大人们的脸，红彤彤的一张一张脸，面具般浮凸在黑夜的波涛之上。我们知道，最后的时刻来临了，纷纷朝火堆跑去——

> 跳过火堆，就没灾没病了；
> 跳过火堆，就快快长大了。

火堆在孩子们的跳跃里渐渐变小，变暗。此刻，星空暗淡，夏夜忧郁，微风不起，万物静止，是要下雨了吗？果然，雷声隐隐，大雨正在奔袭此地的路上，我们匆匆撇下熄灭的火堆逃回家，甚至忘记了回头瞥一眼……翌日醒来，大雨停歇了，我们看到，屋后的空地上，突兀地多了一摊浓黑如梦魇的灰泥。

萝卜灯

黛 安

夕阳快要落山时,我和二姐开始做萝卜灯。我挑的是碧绿的水萝卜,二姐挑的是橘黄的胡萝卜。用小刀把瓤一点点地挖出来,折根火柴棍样的小细树枝,裹上棉花,在煤油里浸透,插在萝卜里,再在萝卜里倒点煤油,一盏灯就做好了。

我和二姐总共做了十盏。我俩还在灯上刻了字。二姐刻的是"春",我刻的是"福"。天完全黑下来了,月亮升起来时,家家户户开始上灯了。我以前问过二婶,为什么要在正月十五上灯呢?二婶戳着我的额头说:"你这孩子!嗯——嗯——让灯照照,霉头就消了,一年都有好运呢!"我记住了二婶的话。擦根火柴点着萝卜灯,先在奶奶屋里放了一盏,我想让奶奶长命百岁;又在爹和娘的屋里放了一盏,我想让爹和娘一年都没有烦恼;最大的那盏,我把它放在了院子正中,它和天上的月亮一起,照着院子里的槐树、枣树、香椿树、压水机、驴棚、鸡窝、猪圈……我暗暗地企盼着,每棵树都枝繁叶茂,开花的好好开花,结果的好好结果;鸡多下蛋,好让娘拿到集上卖了换块肥肉炼成油炒菜;小毛驴帮爹多干活,爹就能轻快些;猪呢,多长膘,多卖钱,给我们交学费,娘就不用进这家出那家地借钱了。这盏灯瓢挖去得多,薄壁上的"福"字每一划都油油地透着清润的光亮。真是盏好灯!正这样想着时,黄澄澄的火苗突然眨巴眼睛似的闪了闪。它一定是明白我的心思了!我不由地笑了。

  我和二姐又在大门两侧各放了一盏。爹写的"院有锦绣,家藏经纶"的大红春联,在月光和灯光下,依稀可辨。记得刚写完春联时,我曾问爹:"娘总是把口酥这样好吃的东西藏起来给奶奶留着,什么时候藏过经纶?经纶是什么?"爹边蘸墨边笑着说:"你们四个丫头就是咱家的经纶!"爹说这句话的时候,好像喝过酒,微醺醺的。从此我知道,大姐、二姐、我、小妹,我们四枝花花朵朵,是爹和娘收藏的最好的珍品。娘说,日子一年到头在碾上转,别忘了在碾上放一盏。石碾在如意婶婶家的屋后头,不远,我和二姐捧着灯走到时，上面已经摆了大大小小快一圈灯了。跳跃的红艳柔软的火苗，一闪一闪地映着青白坚硬的石头，也映着如意婶婶窄小昏暗的后窗户。如意叔走了，如意婶婶一个人拉扯着立春、立夏、立秋、立冬，日子像在薄薄的冰面上匆匆赶路，小心却依然艰难。灯还有，我留在如意婶婶大门口一盏。我想让这盏刻着"春"的萝卜灯，带给如意婶婶一个春天。

池塘也要放灯的。它在村子的西南边，得穿过两条胡同才到。我和二姐没走胡同，而是顺着我家屋后的大路，拐进了田野里的小路。田野很静，小路很静，清凉的月光下，晚风泥鳅般溜溜地滑过我的指缝。我紧紧抓着二姐的手。快到池塘了，突然，有人唱起歌来：

> 幺妹十八九，坐在家门口。
> 头戴金银簪，身穿蚕丝绣。
> 手如红莲藕，小脚二寸九。
> 我的妹呀——
> 我恍惚忘记朝前走，
> 一步一个三回头——

苍凉的声音好像风里裹着沙子，我听得出这是年谷爷爷在唱。年谷爷爷七十多岁了,还是一个人。我问二姐:"年谷爷爷唱给谁听的?"二姐说:"自己呗。""干吗唱给自己听?"二姐还没说话,年谷爷爷又唱起来:

幺妹十八九,提篮街上走。
面如桃花开,嫩如头刀韭。
头发黑如炭,腰如东风柳。
我的妹呀——
我斗胆向前拉你的手,
你可否跟我一起走……

二姐说:"不是唱给他自己的,是唱给幺妹的。""幺妹是谁?""好像是奶奶讲的那个叫桂花的。"

桂花我是知道的。奶奶说,年谷爷爷年轻的时候,上山拉脚,看上了山后一户人家的姑娘,叫桂花。桂花也喜欢年谷,净偷偷烙了油饼翻过山给他。可是桂花的爹嫌年谷穷,不同意,硬把桂花许给了别人。出嫁那天,桂花从家里跑出来,一脚踩空,跌在了崖下……

星星点点,池塘里已经浮动着不少灯。我和二姐把刻着"春"和"福"的灯各放了一盏。水面上风大,我一松手,一推,它们立刻像两艘小船,向着池塘中心荡去了。水里明晃晃的大月亮，一会儿散成了闪闪烁烁的碎银子，一会儿又聚成了圆圆满满的白玉盘。直到我们的灯和别的灯混在一起，再也分不出哪是狗蛋的灯哪是二孬的灯了，我和姐姐才站起来准备走。

　　还剩最后一盏了，我和二姐准备把它送给年谷爷爷。月光更亮了，我俩的影子清清爽爽地铺在地上，一会儿长一会儿团，像两朵被风吹动的云彩。年谷爷爷大门口，各种样的萝卜灯已经排了长长的一溜。放下灯，姐姐挨个挑了挑灯花。年谷爷爷在胡同的最南头，我家在最北头。我和姐姐牵着手往家走。长长的胡同里，每个大门口都燃着两盏萝卜灯，暖黄的灯光，和月光一起，照着我和姐姐回家的路。

海边的端午节

王彤羽

梅子熟透以后，大海也熟了，海鲜肥美，这端午便随海风款款而来。可如今过端午，人们却淡忘了主角，其他旧俗也鲜有提起。虽然现在的粽子五花八门的变着花样吸引食客，但也不是非吃不可的。即使吃也只是为了应景一下，没了以前郑重其事的仪式感，和翘首期盼的殷切之情。不知从何时开始，我对这个传统节日的热情也在逐渐失去。只有在偶尔想起孩提时候的细碎片断时，才又唤起了我对端午节的美好回忆。我们小时候，过端午节可真是热闹啊！那首家喻户晓的儿歌一响起，便挠痒痒了整条街孩子的心：五月五，是端阳。插艾叶，戴香囊。吃粽子，撒白糖。龙船下水喜洋洋……

以前，端午节在广西北海是个隆重的节日。端午那天，会有赛龙舟。渔民深信举行龙舟赛有"龙船鼓响疫鬼退"之说，更会出海平安，渔业丰收。所以，长年坚持，便成了惯例。即使在抗战时期，赛龙舟活动也没有中断过。每至端午，龙船在震天的锣鼓与奏乐中隆重出海，荡漾碧波中，一翻竞渡争先，最后决出头魁龙船。除了观看赛龙舟外，我们最爱看的便是疍家花艇了。但游花艇可不常见，有时数年才可见一次。北海花艇通常用八只驳艇骈连，上接木板，树以木柱，张以幢幔，张灯结彩，艇上有人装模作样地喝酒唱曲，作观涛赏月之风雅状。花艇从游泳场至外沙间来回巡游，鼓乐喧阗，好不热闹。

生于斯，长于斯，海边的端午节与京族的渔民和疍家人，成了我们最喜欢的"少数民族"节日和主角。小时候娱乐节目少，观看赛龙舟便成了大人和小孩们共同喜爱的活动之一。当日，几乎全城的人家都倾城而出，云集在海边看龙船。我记得每次龙舟下水的日子都是大太阳天，沙滩被晒得滚烫，都能烙鸡蛋了。外沙的堤岸上站满了汗流浃背的人群。小孩大多是要坐在大人的肩膀上，才能越过层层叠叠的人头看到龙船。我一开始是撑着小花伞的，只是挡了身后人的视线，没多久便被埋怨声给嘀咕得收了伞，任由烈日当头照，兴致也未曾减少半分。

端午节那天，京族的渔家女人们都是里里外外地忙活着的。她们用红、黄、蓝、白、黑五种颜色的丝线编织成各种式样的小袋子，放入樟脑丸，女人和小孩每人佩戴一个，说是辟秽避恶。街上的小女生们定是要攀比一下谁家的小袋子工艺好看的。她们会用一些珠子啊金线啊什么的来装饰袋子，往往把袋子给挂了个琳琅满目，相互之间暗暗比较，各不服气。

《帝京岁时纪胜》里有记载：榴花似火，家人摘以簪头，凤草飞红，绣女敲而染指。平日里，大人是不许小孩把指甲染红的，只有端午那天例外，据说石榴有辟邪避瘟的作用。得到了大人们的默许，小女生们兴奋不已，穿了漂亮的花裙，摘来石榴花，插在发辫中，对着镜子好一番摇首弄姿的嬉闹。剩余的石榴花搓拧出汁，涂在指甲上，鲜艳夺目的，街头巷尾的奔走炫耀。

大人们会摘来香茅，给小孩煮水洗身。他们管这水叫"沐兰汤"。我们不懂为何要拿这些散发着怪味的东西洗澡。问大人们，得到的往往是呵斥，再缠着问，就回复说是"辟邪"。我们一听便也老实了，虽不知这邪从何来，却也乖乖地用一桶香茅水把自己从头到脚地刷了个干净，只怕是漏了哪一点没洗，晚上便要招了邪似的。辟邪的手段除了洗香茅水外，就是喝雄黄酒了。大人们喝酒，小孩子不能喝，便把酒抹于脸上。自从听了《白蛇传》这戏，白蛇喝了雄黄酒便现了形后，我们对雄黄酒是充满敬畏的，觉得那酒可神了，能让妖怪现身，能耐不亚于斩妖除魔剑。小孩子们涂抹雄黄酒时，总是瞪大了眼睛看周边的人，眼珠子也不敢眨一下，仿佛担心身边的谁会突然现出妖怪的形状似的。

外婆住的那条街上，家家户户都会在自家门口挂上艾草。外公外婆总是一大早就借来木梯。外婆在底下扶着梯子，外公小心翼翼地爬上去。外婆仰着头，扬起一脸欢乐的皱纹，温柔地注视着外公，时不时笑呵呵地说上一两句打趣的话。外公高大的身躯站在梯子的上端，手指不时抠挖一下墙头的灰沙，待寻着了一处缝隙，便朝着底下的外婆一声大喝：拿来！外婆于是踮起小脚，举高那把艾草。外公抓起艾草利索地塞进了门上头的缝隙里。然后像刚完成了一个壮举，面露喜色地逐级而下。这样的场面我是乐意看到的，不管它是作为一种仪式，还是一个习惯。我喜欢看大人们忙碌的身影，似乎只有让大人们快乐地到处张罗的节日才是有气氛的。

端午节的前一天，很多人家都会包粽子。市场上也有卖，但卖的大多不好吃，馅少，味淡，我们小孩是不爱吃的。我们热衷的是自己包的粽子，可以爱放啥馅儿就放啥馅儿的，甜的咸的任由选择。大人们在包粽子的那会儿，小孩也是忙碌着的。我们跟在大人屁股后面转悠，泡叶子，洗糯米，准备红绳子，备馅儿。我们学着大人的样子，把三张叶子卷成一个圆锥体，把糯米塞进去，放一块肥猪肉，撒一些绿豆，再填满糯米，压实，用红绳子捆好，就算是完成了。大人们还帮我们备了另一种馅，是红枣。枣粽寓意为"早中"。据说给读书人吃了会有好的意头，将来会考上大学。所以大人们是一定要逼着我们吃的，只是我们通常只啃了里面的红枣与蘸了白糖的米粒，剩余的糯米几乎都是偷偷扔掉的。

外婆家的房子是长长的老宅子，里面像老鼠洞一样的隆咚。大宅子里住了两户人家，可以相互走动，有共同的院子与厅堂。两家的小孩们聚在一块包粽子，挂香囊，涂指甲，插艾草，骑在大人的肩膀上，一起迈向外沙海滩。那一种纯粹质朴的欢乐，如今倒是稀少了。

现在，大家对传统节日的期待越来越淡，节日的气氛也在日渐消失。我们的孩子这一代人，已经无法感受到我们当年对端午节的热切盼望与期待之情。生活的繁忙让我们的步子一直匆忙向前，无暇经常回望过去，只有在偶尔忆起，仿佛海边的那场盛会，龙舟与鼓声一掠而过，这才会心一笑，然后便是淡淡的感慨与缅怀了。

过 年

孟 梅

小时候的日子总是过得很慢，白天和夜晚都很长，季节慢条斯理地转换。盼了很久很久，才算到了腊月。庄稼都收割了，草也枯了，树叶落光了，连晒在墙边的玉米秆、高粱秆也单薄了很多，整个村庄显得空阔了。天蓝得很干净，往村口一站，可以望出去很远，在外面工作或者上学的人陆陆续续出现在东边的公路上，远远地就能被喊出小名儿。村里越来越热闹，人们开始准备过年了。

过了腊月二十，全村唯一的碾屋一下子拥挤热闹起来。那时候已经可以用机器碾米、磨面了，村北四五里地之外就有一个碾米厂，平时吃的小米、玉米糊、面粉都是从那里换来的，并不需要再辛辛苦苦地推碾子拉磨。碾屋也破败下来，只剩下三面墙撑着一个茅草顶子。不过地面和碾盘上依然很干净，大人明令禁止自家的小孩子们去碾屋"撒野"，特别是不能在碾盘上玩儿。村里的二江有一回被抓到往碾盘上撒尿，被他娘拿着鞋底子满村追着打，他爹拉了一车水来冲洗磨盘，还买了两包烟，逢人路过就递一根，骂几句自家的"小兔崽子不懂事"，算是给村里人道歉。从那以后，小孩子们更加连捉迷藏也躲开碾屋，碾屋就更加寂寞了，连屋角都钻出野草来。

但是到了过年的时候，碾屋就重新"繁华"起来。除了馒头，还要蒸一些"丝糕"（小米面儿）、黄面窝窝（黍米面儿）、菜团（面粉和玉米面儿）等"杂粮"，数量不多，不值得去机器上过一下，何况村里人也还不太习惯机器磨出来的米面，都说还是推碾子拉磨碾出来的粮食更加有滋味，于是家家派出孩子去"占碾盘"——就是把袋子或者碾棍放到碾屋门口排队，自己就回家了。前一家碾完了，看袋子或碾棍也能认出下一家该谁了，扯着嗓子喊上一声，就算隔着胡同听不到，也早有好事的孩子跑着去传信，接到信息的这一家哪怕正在吃饭，也赶紧放下饭碗走出家门，怕是去得晚了别人加了塞，又不知排到啥时候了。因为几十户人家都在排队，有时候轮到自家时已经是夜间，就点起灯笼或者拿一盏油灯放在残破的矮墙上，开夜工。

农村冬天的晚上，很深很暗，那盏灯就显得特别温暖。灯光和说话声也吸引来小孩子们，在碾屋前嬉闹追跑，尖声学狼叫吓人，有时候正伸长脖子"嚎叫"，冷不丁从暗影里走出一个人，把想吓人的吓了一大跳，惹得旁边人又是笑又是跳，热闹得好像提前过年了似的。推碾子一般都是两个人，我记得奶奶和堂婶搭伙，她俩一人一头推着碾棍，一边闲话着家长里短，夜深的时候碾屋安静下来，我的眼睛随着她们的脚步在狭小的空间里一圈一圈地走着，村里的家长里短大事小情在灯光下一层层地浮泛，琐碎又真实，我就倚在墙角慢慢地睡着了。

　　碾好了粮食，就开始发面，冬天的瓜果蔬菜还不丰富，过年饭除了包饺子就是铁锅熬肉菜——就是猪肉粉条白菜等放在一起煮熟，就着馒头吃，接待拜年的亲戚朋友也是一样。所以需要提前蒸出好几锅馒头，还要蒸供神的花糕、枣糕、花卷等等。那时候的过年，"蒸干粮"是一件需要确定日程的大事。"大娘，蒸完干粮了吗？""没呢，赶明儿蒸。你家蒸完了？听见你家拉了一天风箱了。""我家还有一锅馒头、一锅花糕就没事儿了，赶明儿我帮着你和面去。"……这样的家常对话有时隔着墙头，有时在胡同口，有时在猪圈或者柴火垛旁边，也没什么客气话，今天你去我家，明天我去你家，劲大的和面揉面，手巧的捏面人花糕,手快的切年糕,手上不停,嘴里也没闲着,说说笑笑的干粮就热气腾腾地出锅了。蒸好的干粮在稍微凉一些的时候会被收到干净的大瓮里,人口多亲戚多的家庭能放满两三瓮。在放到瓮里之前,我和妹妹就被派去端着笸箩往邻里之间分送,别家的孩子也会把他们家新出锅的干粮送到我们家里来,奶奶说:"换着吃,都沾福气。"小时候只觉得换来换去得很有意思,长大后我想,这大概是亲族之间表示同甘共苦的一种仪式吧?

腊月三十,房前屋后早已经清扫干净,年货也在乡村大集上置办齐备,万事俱备,就要"请"祖先们"回来过年"了。我们叫"请家堂"。天刚刚蒙蒙亮的时候,堂叔堂伯们就在门外招呼了,我在睡梦中听到爸爸从西屋出来,大声回应着他的兄弟们,一边拿着早就准备好的鞭炮、纸钱往外走。请祖先是男人们的专利,但是因为年纪小,我却可以跟在父亲身后,走在灰蒙蒙的冬季原野上,慢慢知道祖先坟茔的走向和排序,知道了血脉是如何流传过来。父亲和他的兄弟们在祖坟前燃起鞭炮,在每座坟上都烧上几张纸钱,还会在对着北方的空地上烧纸,据说有个同宗的爷爷葬在张家口那边。他们用一致的步伐行礼,低声祷告:"过年了,老爷爷老奶奶们回家吧!"每次"请家堂"回来,一例是不许回头,我紧紧地抓着波子叔的衣角,幼小的心中感觉他是和父亲一样亲近的人，因为他们在相同的坟前叩首，烧香，他们有共同的祖父母或者曾祖父母。

家里的女人们在第一声鞭炮响起的时候就把家谱挂正屋的墙壁上，摆上供桌，桌上是竭尽全力丰盛的供品，虽然，那时并没有什么。几盘菜肴，花生，柿饼，糖果，老酒，几块糕点，有时会有一两个苹果。孩子们的眼睛一直在那里徘徊着。大人不忍心了，拿给他吃，嘴里还念叨着："你吃了吧。上供人吃，你奶奶活着的时候还不是有什么好吃的都省给你？不会怪罪的。"不知是说给孩子听，还是给已经写在家谱上的人听。我不吃供品，只是在供桌旁边看着，我想等我的老爷爷老奶奶来享用供品时看看他们的模样，我很想知道。但是大人们总是错会了我的意思，每每塞给我一块点心或者糖果，把我赶到一边，不要碍事，因为他们要在供桌前烧纸、上香，每顿饭做好之后也要先盛一碗摆上来，"让老爷爷老奶奶先吃"。

我们最盼望的是年三十晚上，没有春晚，没有电视。大家拿着早就准备好的小红蜡烛聚拢到街上，男孩们衣兜里藏着"小鞭儿"或者"摔炮儿"，冷不防扔到别人脚下引起一阵叫声和追打。二江最捣蛋，他总是把小鞭炮点着往人身上扔，不管男生女生都吓得连躲带藏，怕"炸"着自己。然后大家同仇敌忾地追着他打，但是他的鞭炮好像从来没有真的落到谁身上,大家在长大之前好像一直也没有实现"追上他臭揍一顿"的愿望。红色的小蜡烛火苗在街上闪闪烁烁,每个蜡烛都照着一张快乐的小脸儿,满街的嬉戏和笑闹,在幼小的心灵中,感觉这样的快乐可以永恒。

大年初一是拜年的日子。男人们要挨家挨户去拜年,每一家都要走到。人们起得很早,或者干脆不睡,本家的弟兄们就着花生米喝几两酒,打几把麻将,就到了拜年的时候。开始是几个叔伯兄弟一起走,遇到了另一群,招呼着"拜了几家了?村东去了没有?"路线相同,就一起走。慢慢地,队伍越来越大,吆喝声越来越雄壮,每个院子都要进去,辈分小的称呼着这家的长辈依次磕头,辈分高的就站在那里等着,最后一拜的时候喊"老爷爷老奶奶,给您拜年了!"大家一起下跪——因为这回是拜这家的祖先。小时候,爸爸妈妈出去拜年了,我在堂屋中,听着院子里一波一波涌进来的声浪:"给长奶奶拜年!""给老爷爷老奶奶拜年!"我知道那时我是喜悦的,喜悦而且感激,甚至希望自己是男孩,也能跟着队伍,在我的父老乡亲面前深深叩首。那一拜仿佛是一种神圣的仪式,因为来年还要相互交换庄稼的消息,共同打场晒粮,盖房修屋红白大事,大家都会聚拢了来齐心协力。

拜完年回来就吃饺子了。初一的饺子是农村最庄严的一餐，在年三十晚上就要提前包好，一包就是几大盖帘儿。当家的女人在和面时就心里记数着，数一个人就舀一碗面，包括出嫁的女儿。饺子在初一早晨下锅，家里人也就是吃五分之一或者更少，剩下的就捞出来放凉，放在篮子里，亲戚来拜年了，闺女们回娘家了，都要煎上一盘饺子端上桌。"这是初一的饺子，你尝尝！"很多年后，我依然经常梦到这句话，那充满乡土气息的音调语气，真切地响在耳边，搅起在梦中都能真切体味到的惆怅和怀念。那时候真穷，穷得人们只能用饺子来表达亲情。可是那被油炸得黄焦焦的饺子，却包裹着童年最令人想念的味道。

  长大之后就没有过年的印象了，每一天都和昨天一样，日子匆匆地过去，分不清季节时序，四时都有花开叶落，看心情和时间添置新衣，只是我心中好像还是离年很远。然而年却并不管我的心情，依旧一年一年照样过去了。

小 年

杨 逍

秦腔有一折子戏《还愿》，为每个剧团的必备节目，一般在"正会"之日演出。到时候，村人杀鸡宰羊，供奉山神，并为剧团奉敬烟酒糖茶等一应用物，人们将对神明的敬畏和感恩嫁接到戏子身上，借戏子之口还愿，同时为来年祈福。

一捆干柴一缕烟，打发吾等上青天。
神王若问凡间事，就说弟子把愿还。

这是《还愿》里九天云厨司命灶君出场的唱白，大意是凡间的俗人，请他上天宫汇报人间事，既然凡人还了愿，他就该向天上的诸神说些人间的好话。

在人们惯常的风俗认识里，认为天上的诸神和人间的凡人不能直接对话，只能通过山神灶君等代表进行沟通（土地爷属山神爷管辖，算是副科级别，不能上天）。山神灶君说的话则决定着诸神对人间的佑护或惩戒。山神灶君自然是耿直不阿的，秉公断事是他们的天职，这也就是人们常说的"人在做，天在看"。而天上那个看的神通常就是山神灶君，他们是一方一户的监护人。

山神管佑一方，灶君管佑一户，人们深信不疑。

"一捆干柴一缕烟，打发吾等上青天。"说的便是农历腊月二十三的"送灶爷"节令，也就是小年，村人常说"小年大十五"，就是把春节框定在腊月二十三到正月十五这个时间段里。从小年开始，年便来了。

老百姓常常将贴近于生活的神灵爷爷化，比如孤魂爷、太白爷、山神爷、土地爷、牛王爷、马王爷、灶爷等，这是人们口语中对神灵的尊称。

灶爷，全称为"东厨司命九灵元王定福神君"，西北人又叫九天云厨，一般简说为灶神、灶王爷、灶君、司命菩萨或灶君司命，各地说法不一。

每年除夕的当天，村里人通常在下午两点左右开始张贴对联，"年"就真正开始了，与此同时，最重要的环节便是迎请诸方神灵和三代宗亲，其中一项就是"请灶爷"。

2000年，作者高中毕业，在村里的秦腔剧团演出。正中间手拿黄色包裹的为作者。

小时候，村里人穷，对联都是请学校的杨老师来写，而灶爷和门神却是请在乡文化站打零工的付有娃来画。那时候，付有娃已经过了四十，人虽然年轻，却是两鬓斑白。他盘腿坐在炕上，身后垫着一床破烂脏旧的被子，烟不离口，时不时停下来喝一杯酒。印象中，他画画的时候，总是这副样子，就像是保持了二十年之久。人们最佩服他的本事并不是画画，而是抽烟喝酒和盘腿打坐，从腊月二十四开始，他每天天蒙蒙亮就被人叫醒，自有勤快的人为他烧火倒茶、斟酒点烟。他要是坐下来，就是一整天，最迟能熬到晚上十二点过后，其间连厕所也不怎么上。那几天，他就像个圣人一样被人敬奉着，不苟言笑，也不多说话，一心放在画画上。画画倒是手到擒来，熟者为妙，那么繁复的灶爷真身，在他笔下，不到三分钟就能勾勒出个大概。然后重新点一支烟，再描细节，上色。另一支烟刚刚抽完，一幅和印版印出来一模一样的灶爷就画成了。讨到手的人欢天喜地说些感谢的话，就被人从炕上挤了出来，容不得多说。付有娃窄小的卧室里，始终水泄不通，进不去屋子的人，只好在院子里守着，按先来后到排好队，然后各自话家常。

我从六岁开始，就接受了父亲交代的这个重要任务。那时候父亲多病，熬不了那样的时间，又因为是村里最为严重的困难户，父亲通常不参与这样的"大事"。那七天里，我将领到付有娃的灶爷和杨老师的对联看成了一年中的大事，而我这样的小孩子又不能和大人争抢，更无法挤过人墙钻到屋子里去。所以，我只能在院子里苦等，通常要等上两三天才能讨到灶爷。有一年，一直等到深夜一点，付有娃看着我一个小孩子又冷又饿的，就对等候的人说了情面，才给我先画了一张。

当然，村里一百多户人，能画得上灶爷的并不多，大多数人都是在写对联的时候，请杨老师写灶爷。杨老师在一尺见方的红纸上写一行核桃大小的行楷"东厨司命灶君之神位"就可应付差事。

及至十岁以后，村里人的思想慢慢放开，接受了印刷的灶爷，同时也接受了印刷的冥币（之前大家都觉得印刷品不真，神灵会怪罪）。付有娃才从"神位"上退了下来，求他的人渐渐少了。这时候他通常是被人请到家里去，烟酒饭供上，才能作画。父亲向来对神明之事看得很重，他一直坚持请付有娃作画。也许是因为穷病相连，父亲后来和付有娃关系要好。一到时候，不用请，他自然会来，仍旧是我伺候着，他仍旧是一坐半天不动。但这时候，付有娃画一幅灶爷，却要差不多一个小时，再画门神，基本上就得整整一个下午。四十多岁的人，一副衰老相，他比父亲大一岁，看起来却要差一个辈分。在家里作画，付有娃倒是有说有笑，一副谦卑的样子。母亲夸他画得越来越好了，他反而会尴尬，说一些老了、画不动了的话回避过去。他的眼神游离不定，失却了先前的喜色和淡定。

　　那些年，我听得最多的话是别人对付有娃说，得找个媳妇了，一个人过着也不是个办法。而付有娃说得最多的话却是，一个人吃饱，全家不饿，一个人好。有些爱说闲话的人就在背地里骂他，许是大脑有毛病吧，哪有爱一个人过的。当然，也有人断断续续给他说亲事，但多年来总没有个结果。正月十五一过，他便跟着村里人外出打工，直到腊月里才回来，一年的时间，只有一月在村里，也难免有所耽搁。当真有一年,他听了别人的话,留在了家里,可等了一年,却没人来说亲,反倒把日子过得比之前更加难了。后来,他便信命了,再也不强求。

等我上了初中,父亲开了窍,也开始从集市上请灶爷了,付有娃就彻底失业了,一个腊月闲得无所事事,人们几乎忘了他曾经是一个画匠,再也无人提起他当年的本事了。每年回家,他仍然要到我家里坐坐,却是坐在沙发上,我再也没见过他盘腿坐炕的样子。他又回到了不苟言笑的年月里。

等我上了大学,听说付有娃托人从四川买了个媳妇,大过了一场喜事。那是九月初的事,喜事过完就下了半月的连阴雨,等雨停了,新媳妇说去镇上买点东西透透气,那个女人就此消失了。他白白花了八千元,村里人还为此得了一句歇后语:有娃子的女人——过一把瘾就走。

再后来,付有娃也消失了,有人说在银川给人烧锅炉;有人说在广东的服装厂里看门,和一个比他大十岁的老女人搭伴过日子,传言很多,但他再也没有回来过,直至慢慢音讯全无,而今大约是死在了外面。

不管是付有娃画灶爷,还是杨老师写灶爷,都要给灶爷写一副对联:上天言好事,下界保平安。横批是:保佑一家。

父亲说,付有娃画了半辈子灶爷,自己从来没有敬过

（贴灶爷），让谁来保佑他。

父亲说，付有娃一辈子没个女人，灶爷也管不了他的家事。

父亲还说，厨房是女人的地盘，灶爷在厨房里，女人应该是一家之主。

灶爷是司命菩萨，便是女儿身，所以每年的腊月二十三（也可到腊月二十四），便是"送灶"之日，请灶爷到天宫禀报人间事，村里人理解为灶爷转娘家。这一去便是七天，这七天里，人们可以在家里自由行动，不受神灵的管束。从腊月二十四开始，人们便清扫庭院，蒸馍馍炸油饼，大张旗鼓地准备过年的一应用物，"年"就慢慢近了。

送灶之前，还有一个讲究，须等到家里人全部到了方可。早些年，外出的人少，如果有要紧事腊月二十三回不了家，就推迟一天，定然要人都到齐了才能送灶。现在，大家都进了城，村庄渐次荒芜，越来越多的人回不来或者不回来，这个规矩也就慢慢淡了。

按父亲的理解，一家的平安和顺，全仰仗于女人，女人贤惠，劝导有方，一家便能兴旺；女人如果自私自利，闹得鸡犬不宁，就容易惹恼灶爷，神灵的惩罚也就从此开始了。

人们总结经验，总会说一个成功的男人背后一定有一个默默支持他的女人。确实，我们抛却迷信，便会讶然发现，一个家庭的衰败往往是祸起萧墙造成的。

我们对灶爷的敬畏，其实就是自我约束。

信仰其实就是规约。

中秋二题

酸枣小孩

面月饼

从前生活在乡间,抬头即见天日。夜晚的月亮,从初月一直可以望到满月,中秋节的圆月也不知道望尽了几回。

今夜月明人尽望,不知秋思落谁家。年纪小,见识短浅,秋风冷月,莫名的愁思在胸中回还激荡,却找不到出口。

如今年纪不小了,见识却并不见多么精进。一到了秋天,总还有莫名的愁思在胸中回还激荡仍然找不到出口。人生于世,总是会有一些根深蒂固的东西左右着你的命运,也是无可奈何的事。

想起来有一年中秋夜我站在沙岗上的杨树林里,长久地凝望着中天之月,内心充满了惆怅与彷徨。不知道当年的苏子喝醉了,拍手而歌,"起舞徘徊风露下",内心有没有如我这般的惆怅之感?

何以解惆怅,唯有吃月饼。这样一说,仿佛我是一个吃货。记得有一年中秋节,我从距家三十里地远的学校骑着那辆被哥哥淘汰下来的破自行车踉踉跄跄回家去,一路上受尽了折磨,心情极度郁闷烦恼。终于到家,发现院子里只有父亲一人,母亲他们去地里收花生了。我怒气冲冲地把那破车扔给父亲让他修理,然后进屋,突然就发现了那馍筐里盛放着的面月饼。它们静静地躺在那儿,好像就是为了等候我的归来似的。于是我一霎时转怒为喜,左手右手各执一枚,一路啃吃一路欢歌乐颠颠地去地里找母亲了。

面月饼是农历的八月十五这一天王村家家户户的主妇们必定要做的一种乡间面食。等我长大后见识了各色面食,发觉小时候被我奉为圣物可以解忧的面月饼,其实就是一种糖烧饼的变种,只是做法和口味上更加的质朴和纯良。但是它已经被我附加了太多情感和记忆在里面,我仍然喜欢叫它面月饼。

月饼前加一个"面"字作前缀,自然是为了和那些花钱买来的五仁月饼区别开来。面月饼和五仁月饼一个白面庞，一个红面庞，可以比做乡间土戏台上的两个角色：一个唱白脸，一个唱红脸，足可以支撑起一个朴素而不失礼仪的中秋大戏了。

在王村，中秋节也不叫"中秋节"的，叫"八月十五"。这也恰恰是和农耕时代人们过日子翻日历看"黄道"相匹配的。

八月十五"炕"月饼，八月十六走亲戚。这是王村每年的惯例。

炕在王村词典上是一个典型的名词动用：炕油馍，炕月饼。都是它。

炕月饼的锅是平时做饭用的大地锅。锅里一次能炕上七八个月饼，还得有个坐在地锅前面负责添柴烧火的——未必是丫头，再加上面案上两三个揉面制作月饼胚子的。炕月饼是一个很能体现团队合作精神的工作。母亲每次召集来的也都是平时关系亲睦的女邻，她们叽叽喳喳、嘻嘻哈哈，一边做事，一边聊天，仿佛在开"同好会"。

我年纪虽小，也愿意参与其中。炕月饼的工程里，我最喜欢做的是两件事：偷吃馅料和压花纹。

面月饼的馅料是用炒熟的芝麻和红糖搅拌而成，又甜又香的气味在空气中飘来飘去，惹得人流口水。我总是瞅准机会，趁大人不注意，用小勺子偷偷往嘴里送。压花纹是一个细致的活计,要准备好模具,酒瓶盖,麻梭(一种被王村人叫作"大麻"的麻属植物的果实),我是负责提供模具的,偶尔得母亲恩准还能拿个麻梭或瓶盖在光秃秃的月饼胚子上小试身手。实在找不到这两种最佳模具的时候,母亲干脆直接用碗口来压花纹,一只碗倒扣在月饼胚子上,来回循环交错,线条缭绕,压出来的图形也小有意趣。

小孩子重实用也重意趣,当彼此从家里拿着月饼出来开碰头会的时候,都要各自伸了眼睛过去,比对一下谁家月饼的花纹更好看一些。仿佛握在手掌里的香喷喷的月饼不是填饱肚腹的食物,而是一件形而上的艺术品。

至于每年中秋节的走亲戚,包装精美的五仁月饼虽然是主角,但是凡是做了面月饼的家里,都要格外再放进去几枚自家的面月饼作为特别的馈赠。

我小的时候不爱吃有着青丝红丝的五仁月饼,现在也不爱吃。家里其他人似乎也不大爱吃。唯有母亲一个人爱吃——或者她也是不爱吃的,只是惜物怕浪费。每年的五仁月饼经历了一轮又一轮的辗转,圆满完成了走亲访友的仪式之后,家里总要留下来几斤,全被母亲承包下来,当作了一日三餐,一天一天地吃下去,直吃到五仁月饼越来越硬了,甚至长了绿毛,母亲就放进蒸锅里"馏一馏",接着吃。

当我读了几年书,心里冒出来一些浪漫的想法,就想学那些文人雅士一样过一个像样的中秋节,而不是简单直白的"八月十五"。乡下庭院空阔,树木稀疏,于明月净土之上,摆上一张方桌,设置几碟点心瓜果,便可合家团圆,过一个中秋佳节了。

至今未曾如愿,每每念及不胜惆怅。

何以解惆怅,对月两相望。只是物非人非,望也是无尽之望了。

赏月记

我是一个有节令情结的人。春节的必游庙会,元宵的必看花灯,端午节必要于门口插上一束新鲜的艾条才得心安,便是明证。

每至中秋,到处跑着去赏月,便也成了年年常态。

记得有一年与朋友们在山中过夜,坐在几只被锁定在湖畔的游船上闲谈,小人儿们在近旁嬉闹。彼时新月刚出东山,皎洁明亮。后来作一首《山中月》以回忆当时情状:

> 有时候它是你的,
> 有时候又不是。

就像那些在月光下嬉戏的小儿。
他们有时候是你,
有时候又不是。

谁还记得你小时候戴过,
同样的柳叶花环,
在同一片光辉下你的面容亦如这月光般皎洁。

倘若解开缆绳,
此夜会变得了无遗憾么?
众人悄然离开。
唯有月亮独坐中天,
你独坐船头。

  小时不识月,呼作白玉盘。我小的时候倒识得,只是不知道珍惜。也不会想到自己随时可见的"天上的月亮",将来还需要千方百计地去挑选个好地方看望它。
  有一年的中秋前夜,三个人跑到一处叫白云山庄的地方去赏月。山庄冷清,除了我们,就只有一家公司的七八个员工在做拓展训练。我们住宿的二楼房间里也透着一股冷寂的潮霉之气。

二楼有宽阔寂寥的大露台。搬了房间里的茶几和椅子，摆上点心瓜果，月饼啤酒，坐等夜色降临，坐等月出东山。山中秋意浓郁，夜间尤甚。后来不得不从房间里扯了床单出来披挂上身，像游魂一样在露台上来回奔走不止。

赏月赏到如此狼狈还是头一遭。

也还是有令人回味的美好：两个人踏着夜色下山去买下酒的花生米。背后明月当空。脚下山路黝黑。山路旁边房子里的灯光，灯光里观看电视的一老一少。穿过涵洞所见的那一条灯火阑珊的小商业街。仿佛一个飘忽而又温暖的梦境。

白云山庄回来后的中秋之夜，又跑到大明湖赏月。坐在湖心亭闲散的游人当中，看看天上月，再望望水中月，昨夜山间所受的寒气消隐了一些。山中月与湖中月，是我无法取舍的两种至美之境。

大明湖赏月于我来说是最便当的，骑上车子也就去了——当然也并不总是。想起鲸鱼小姐初来济南，有一年中秋夜一家人到大明湖赏月，只带了冬枣，她遗憾着没有月饼用来祭月。那时她刚进入初中借读，而今已然长大到出国留学的年纪了。不知道今年的中秋节，她在异国他乡有没有月饼吃。

去岁中秋，约了几家友朋去七星台赏月。是夜月色迷蒙，人多，夜寒，众人意兴索然，早早散场各自睡去。千年之前的苏学士深谙人世沧桑，就曾对月慨叹：月有阴晴圆缺，人有悲欢离合，此事古难全。既知"古难全"，我亦当淡然处之罢。

也曾在红叶谷赏月。夜晚住在树屋里。几间小木屋搭建在树杈上，虽则臭虫多了些，野趣还是有的。清晨的太阳光从树叶间穿过来，触手可及。

晚间在一处小广场上举行篝火晚宴，吃烧烤，开音乐会，看露天电影。大人孩子众声喧哗，月亮独自在天上看着，安安静静。

后来有一个孩子调皮，把易拉罐扔进火堆里，突然爆炸出一声巨响来。众人骇了一跳，连天上的月亮也跟着骇了一跳。然后它又是安安静静的了。

我用鼻子深深地嗅了一嗅，那夜的烟火已经是一种隔世的味道。

花朝节

苌 楚

百花生日是良辰，未到花朝一半春。

万紫千红披锦绣，尚劳点缀贺花神。

——清·蔡云

农历二月十二这天，其实与别的日子没有什么不同。不过，在村子里，空气比春节时湿润干净很多，一些翠绿艳红从意想不到的地方冒出来，惊着人的眼。我们家祖屋旁的柳树也早已爆满新鲜的叶儿，一条一条垂在那儿，像女孩悠长的辫梢，在厨房黑色的窗框外晃悠。

早上，一家人吃完饭，奶奶就对幺姑姑说："过一会，让你嫂子给你穿个耳洞。"

白发满头的奶奶在家里是绝对权威,只有幺姑姑敢不买账。她抬起白皙的瓜子脸,反问:"为什么要穿?怎么穿?"

"用针呀!"奶奶怜惜地看着她,仿佛这是一件很重要的事情。

"用针?!我不穿,疼死了!"

幺姑脆生生地回答,一边举起细长的双手护住肉肉的耳朵。

"今天是花朝节呢。"

奶奶以少有的温柔说,语调里面似有无限意味。她特别喜欢她的幺女儿,程度肯定超过喜欢她的第一个孙女儿我,当然,这是奶奶过世后,与妈妈相熟的婶婶姑姑姨姨们七嘴八舌半开玩笑半当真告诉我的。

"花朝节是什么节?"幺姑疑惑地问。

我比幺姑姑小四岁,最晚的辈,站在一边静听她们说话,幺姑姑这么问也等于在替我问。

"从今儿起,桃子花、李子花、梨子花、柑子花啊,都要开了;野菜也可以采来吃。嗯,你们过一会去挖野芹菜,采枸杞尖,地米子菜只怕也有了。"奶奶答非所问,转过头来对我妈妈说。她喜欢在每一种花前面加一个"子"字,仿佛花是从"子"上开出来的。

然而,花朝节是我小学课本上没有记载的节日,也是

1984年春,石首市团山中学操场,初中毕业留念。后排右为作者。

我有限的阅读中,没有读到的节日,奶奶说起来,怎么好像很美好的样子?不过,想想原野上,那些金黄、粉红、洁白、蓝紫的花,一树一树开,一地一地开,芳香淡远,多么好看;而野菜们呢,一丛丛,一簇簇,在水边,在林子里,在堤岸旁,从去年的土里钻出来,翠绿绿,嫩生生,令人馋涎欲滴。

"就是百花的节日!后头那根桃树上都有大花苞了。小幺,今天穿耳洞,有花神保佑,不疼,也不会流血,不会红肿发炎，几天就好了。你以后出嫁不想戴耳环的呀？"

幺姑唯一的嫂子——我的妈妈笑吟吟地说。

幺姑这时候十四五岁，狐疑地看着我妈妈耳垂上月牙儿似的银耳环。在黑色的齐耳短发下，它白亮白亮，闪着光。幺姑明显地动摇了：如果它是金色的呢？如果它是蓝色的呢？如果它是绿色的呢？如果它是水滴一样的呢？如果它是一朵精致的小花呢？如果它是晶亮的露珠的样子呢？

"过了今天，就得等明年。耳洞越大越不容易穿，穿了也不容易愈合。让你嫂子给你穿！"奶奶一锤定音，再不言语。

"穿了耳洞，金耳环、银耳环就争先恐后来喽！"

我妈妈笑着说，一边忙碌着。收拾完，洗净了手，她就走进房里去，过了一会，手里拿了黄篾编的针线小篓出来，从里面挑出一根针，银亮的针尖似乎闪着微光，针鼻子上还连着一根大红色的绣花线，又细又鲜艳。当然，这针不是绣花针，是缝衣针。

幺姑不情不愿搬来木椅，放在场院中，端端正正地坐着，多少有点紧张。若在古代，她正是及笄之年，簪发待嫁了。春阳温暖地照在身上，场院外绿柳飘拂，菜园竹篱笆边悄悄开着金黄色蒲公英，风儿拂着，轻快地捎走一个少女的情思。

我围着她们转，这瞅瞅，那瞅瞅，看稀奇，穿耳洞的年龄还远没有到。

我妈妈又点亮一根蜡烛，和针线放一块，然后站在幺姑的背后，用双手轻柔地捏她的耳垂，一边和她拉话，夸她头发多黑，说她皮肤细腻，耳垂厚呢大呢，福气之相呢，以后会嫁到好人家。又说，你们知道不？花朝节是百花节，也是女孩子的节日，要戴花的呢。古时候，大户人家的年轻人还一起赏花饮酒，吟诗作对。

这些都是我闻所未闻的事情。

揉了很久，幺姑慢慢地搭话，不明所以，几乎昏昏欲睡。这时，我妈妈忽然停了口，住了手，一手捏着幺姑的一个耳垂，一手拿起针，将针尖在蜡烛的火焰中停留几次，再对准她的耳垂，用力，飞快地刺了过去。她刺的时候，我心中一凛，本能地向后退几步。可是，只见妈妈熟稔地用剪刀咔了一下，几根红色的绣花线就花芽儿一样长在幺姑白皙的耳垂上了。

妈妈双手迅速换边，闪电般，幺姑的另一只耳垂上又如法长出红色的花蕊儿。

"行了！记得不用手抓，不沾生水。"我妈妈淡定地转过身来，一边收拾针线，一边交代说。

幺姑还没反应过来，她坐在椅子上，摸摸耳朵，惊奇地问:"就好了呀?真的不疼哦?"犹犹豫豫地站起来,满面含羞,扭捏一会,局促地跑进屋里去。

奶奶坐在一旁看着,这时吩咐幺姑:"过一会去小卖部买一盒雪花膏来,谢你嫂子!"

"不谢她!要是疼起来,还要找她!"幺姑甩了这句话,躲在房里不出来,她应该是在照镜子吧?

穿耳洞这么重大而危险的事就这样轻易完成了,明天出门看,那些和幺姑一样大的女孩子耳朵上也都长了花芽吧?确实,花朝节穿的耳洞,不疼不痒不知不觉,好像是花神特别赠予的,同时赠予的还将有美丽、恋人和富足吗?

不过,在我看,还是没有传说中的赏花戴花和吟诗作对好玩。

这时,一群女子的说笑声由远而近,往我家场院而来。果然,从屋山头竹林后边走出来几位伯母婶婶姨妈,就是同村与妈妈相熟的。有胸前一根黑亮长辫子的,有身穿青底白花棉布衣的,有脚踩黑面白边松紧鞋的,和妈妈年龄相仿,都是村子里当家理事的好手。她们笑容满面,一路拉呱,桂香姨一看见我妈妈就用她沙嘎的嗓音喊:

"祖生!我们今天都来你这里扯脸了!"

喊罢,未等我妈妈回复,她们又忙不迭地跟奶奶打招呼,说,今儿个过节,找您媳妇来玩的,您那么和善,不会耽误事儿，肯定欢迎啦！

奶奶笑着说："你们会选日子呢！都把脸上扯出花来！"

妈妈一边打招呼，一边进屋去搬来椅子，高的矮的，两两成对，另有长凳子放在一边，搁着她们带来的粉盒啊，彩线啊，头绳啊，头巾啊，什么的，摆在上面，红红绿绿好热闹。

椅子放好，大家相让着一一坐下，一高一矮，刚好三对。

我围着她们看，不停地问："你们来做什么的？"

桂香姨笑着说："我们来扯脸呢，乖，走开一些。"

"我也要扯！"

我不走开，反而紧挨一步，伸手去抓那些彩线。

"胡说！还不快到这边来！找你幺姑姑玩去！"奶奶一声呵斥，伯妈婶娘姨们却一齐哈哈大笑："等你大了，出嫁时再扯脸，到时候把你打扮得花儿朵儿似的！"

说笑的当儿，坐在矮椅子上的三人，已把头发紧紧向后拢上，用头巾固定，不让一根掉下来，发际线下面细小的毛发茸茸的，清清楚楚的了。坐在高椅子上的，拿了粉，很细致地在对面女人的面上擦，把她的脸擦得白白的，面如满月。而眉毛上，敷了粉，在我看，像两片结了严霜的草。

这时，我看见妈妈已麻利地拿起红线，在右手上绕了两转,红线一端放在嘴里,用牙齿咬紧,另一端左手拉住,端着,拉紧。这时,只见她把线贴近桂香姨的脸,右手的三根手指将两股红线不断绞动,时合时分,那线在桂香姨的脸上有规律地细致地来来去去了,额上,眉毛,眼眶,脸颊,嘴唇上下,细细地走了一遍。桂香姨仰脸闭着眼睛,很享受的样子。那红线所到之处,白粉变淡,绒毛悄悄地没了,发际线下,杂发一根已无,过一会,桂香姨芜杂的宽眉毛也变得细长如柳叶。

这是一个技术活吧?这样等于将脸上的茸毛连根拔起,不疼痛,不伤肌肤,几乎人人都可以学会。看得我跃跃欲试。

我后来知道了,扯脸,是农村已婚女子最常用的美容方式,那素净的脸,弯弯的柳叶眉,就是在两根细线的错动中生成的。

乡村的女子,人人都是天生的美容师。而花朝节,让她们清苦的岁月里不忘欢乐,不忘自己与生俱来的美。

晚饭时,方木桌上果真出现了一盘野芹菜,清炒的,带着田野的新鲜气息;而妈妈的五斗柜上,果真出现了一盒新的雪花膏,盒子上面印着一朵大大的红花儿。

出版说明

本系列图书编选过程中，得到了许多师友的帮助与支持，在此一并致谢！虽经多方努力，仍有部分版权所有人未能于出版前取得联络，我们将委托中国版权保护中心代存、代转稿酬和样书；也恳请相关版权所有人知悉后与我们联络，及时奉上稿酬和样书为盼。

山东画报出版社《老照片》编辑部